THEODORE BOONE
Kid Lawyer

西奧律師事務所

不存在的證人

John Grisham
約翰·葛里遜 著 蔡忠琦 譯

遠流

【推薦序】

法律就在生活中

法務部調辦事主任檢察官　俞秀端

「艱澀難懂」、「條文繁雜」、「無趣」是許多人對法律的第一印象！事實上，法律是一門有趣的社會科學，它既不需要背誦，也不是用來應付考試的；它是邏輯的推演，是因應生活而產生，是用來保護自己的！法律無所不在。例如在學校上課，不僅是權利，也是義務，因爲憲法第二十一條規定，人民有受國民教育之權利和義務；又如我們到商店買東西需要付錢，這是民法關於「買賣」的規定，可是沒有人讀書時會想到憲法，買東西會想到民法。不過當付了錢但老闆不給東西時，你就會想到法律上的權利。爲什麼？因爲法律就在生活裡，它像呼吸一樣理所當然，一樣重要。

《包青天》、《柯南》或《律師本色》這類法律推理故事深受大家喜愛，爲了增強戲劇張力，劇中常有令人「想像不到的情節」出現。但是日常生活如果有這麼多「想像不到的情節」，那就是「意外」頻頻了。法律生活就如同西奧．布恩向同學介紹法院的審判時所說：「在電視上看多了法庭戲碼的同學，不要有太高的期待。眞實審判是很不一樣的，一點也不刺激。那裡沒有祕密證人、沒有戲劇性的自白，也沒有律師會上演全武行。」身爲法律工作者，很希望有人能以生動有趣但不誇張的筆法，將可能無奇卻不平淡的法庭活動眞實地呈現給青少年，讓大家都能眞正地瞭解法律，體會法律的重要性，進而培養邏輯思考並養成公民意識。而這點，作者約翰・葛里遜做到了！

約翰・葛里遜以縝密流暢的筆法，將現代人所需具備的法律知識及概念，透過西奧・布恩周遭發生的事情生動地傳達。例如由好友愛波的父母離婚，讓大家知道監護權的意義；以山迪家付不出房貸，銀行即將取消贖回權，讓我們瞭解抵押權及破產規定。當然，還透過本書的主軸——達菲先生被控謀殺自己妻子的審判來告訴大家：判決要依據「證據」，縱使所有人都「覺得」被告爲了錢殺了妻子，包括法官，但因負舉證責任的檢察官無法提出確實的證據證明被告殺人，陪審團也不能判決有罪（英美國家有陪審團制度，與我國不同），因爲「無罪推定」是重要的訴訟原則；雖然西奧想伸張正義，讓罪犯得到應有的懲罰，但他仍得堅守訴訟程序，得想辦法依法定程序將這些證據呈現給陪審團。因爲唯有公平公正的訴訟程序才能眞正實現公平正義！

當然，我國法律和美國不盡相同，書中所描述的訴訟程序雖然不會在我國發生，但是如同故事中甘崔法官所說，讓大家「對我們的司法系統抱持濃厚興趣，這對一個好政府而言，相當重要」。希望讀者透過本書，對法律產生興趣，進而瞭解並參與我們的司法系統，這對法治國家而言，相當重要！

校園好評推薦

學校實施法治教育長期欠缺適合的讀本，一則深奧拗口的法律用詞令人望之生畏，再則枯燥無趣的故事叫人興致缺缺；即使有，過度強調功能性也掩蓋了讀本的文學性。可以說，大多數法治教育的讀本，營養而不美味！但這本書裡形象鮮明、呼之欲出的十三歲少年西奧，卻出面一口氣解決了上述問題。有趣、輕鬆、懸疑、專業、推理、思辯，兼顧文學性與功能性，能夠抓住青少年的胃口，閱讀法律小說幾乎可以做到入口即化，可說難能可貴。

——臺北市明德國小校長、兒童文學作家 **林玫伶**

〈西奧律師事務所〉是一部值得閱讀的好書。作者約翰．葛里遜是一位擅寫法律小說的暢銷作家。在書中，葛里遜特別為年輕讀者們型塑一位新世代的英雄，他不但追求公平、正義，並且古道熱腸、積極主動，使讀者在不知不覺中，有好的人格特質典範可供學習。書中內容，每一段落皆從法律的主題出發，引領孩子們認識法界的生態與常識，有緊張懸疑的情節，有精采冒險的故事，是一部值得在校園推廣的輔助教材。

——新北市板橋國小校長 **姚素蓮**

本書是一本節奏明快的少年小說，故事中的少年西奧，具有律師家庭的背景，熟悉法院的進行程序，透過進行訴訟中的案件，或同學中生活上的麻煩，帶領年輕的讀者進入法律世界，去理解法律的思考本質，去認識法院的運作程序，去拓展法律與生活中的關連及視野。每一件訴訟，都是一個故事，都是人生的問題，也都牽動著恩怨情仇與悲歡離合。好看的故事有懸疑，懸疑的故事也吸引大家共同經歷緊張的情節，並且看到解決問題的方法。

——新北市秀朗國小校長 **潘慶輝**

此書獻給希亞

第1章

西奧．布恩是家裡的獨子，所以吃早餐的時候，常常只有他一個人。他爸爸是位忙碌的律師，習慣一早出門，早上七點固定和朋友在城裡某家咖啡廳一起喝咖啡、聊八卦。西奧的媽媽也是位忙碌的律師，過去十年來，她一直爲了減輕五公斤而努力不懈，正因如此，她說服自己早餐只能喝咖啡配報紙。於是，西奧總是孤伶伶地坐在廚房工作檯邊，吃著冷冷的穀片和柳橙汁，眼睛一直盯著時鐘。他們家走到哪兒都有時鐘，證明了這家人凡事井井有條。

其實他也不完全是孤伶伶的，他的狗會陪在他的椅子旁吃早餐。那是一隻混血混得很均勻的米克斯犬，叫做「法官」，牠的年齡和血統一直是個謎。兩年前，西奧在動物法庭千鈞一髮地把牠從死亡邊緣救了出來，從此法官便一直心存感激。和西奧一樣，法官也比較喜歡「神奇圈圈牌」穀片。每一天，他們倆都默默地共進早餐。

八點整，西奧會把他們的碗洗乾淨，將牛奶和柳橙汁收進冰箱，然後走到媽媽身邊，在她臉頰上親一下，說：「上學去嘍。」

「你帶了買午餐的錢嗎？」媽媽問他。一週五天，都是同樣的問句。

「一直都帶著。」

「功課做完了？」

「做得超完美，媽。」

「什麼時候會再看到你？」

「放學後，我會去辦公室找你。」西奧每天放學後都會去媽媽的辦公室，毫無例外，但媽媽總是要問。

「路上小心。」媽媽說：「記得保持微笑。」西奧已經戴了兩年牙套，他迫不及待想擺脫那玩意兒，但媽媽老是愛提醒他：要用微笑讓世界更美好。

「媽，我有在笑啊。」

「愛你喔，泰迪。」

「我也是。」

儘管被媽媽暱稱「泰迪」感覺很幼稚，但西奧還是保持笑容，將背包往身後一甩，搔搔法官的頭，從廚房後門離去。他跳上腳踏車，在城裡最古老的綠蔭街道——馬拉巷中快速馳行。途中，他先對納涅瑞先生揮手致意，那位老先生早就在陽台上準備好，等著看那些少得可憐的車子找路進來。他總是以此度過漫長的另一天。接著，西奧又從古德洛太太所在的人行道旁倏地疾駛而過，並沒有出聲向她打招呼，因爲她已經喪失大部分的聽力和神智。他還是有向她微笑致意，只是她並沒有回他笑容，因爲她把假牙留在屋裡某處。

早春的空氣帶著一絲涼意。西奧飛快地踩著踏板，風拂在臉上，感覺刺刺的。早點名八點四十分開始，不過去學校之前，還有要事得處理。他抄捷徑轉進一條小路，奔入另一條巷子，在車陣中穿梭閃避，不管有沒有「禁止通行」的交通標誌。這裡是西奧的地盤，是他每日必經之地。越過四條大街後，街景漸漸由住宅轉變爲辦公室和商店。

地方法院是斯托騰堡市中心最高的建築物（郵局第二高，圖書館第三高），它雄偉地矗立在主街北方。法院的兩旁，一邊是座跨越河流的橋，另一邊則是個公園，裡面有很多涼亭、鳥兒沐浴喝水的石盆，以及殉難戰士紀念碑。西奧好愛法院，那裡瀰漫著一股權威氣氛，重要人物在其間摩肩擦踵而過，暗沉的告示和日程表張貼在布告欄上。其中西奧最愛的，就是那些法庭。有些小法庭專門處理一些攸關隱私的事，因此沒有陪審團❶的座位；主要法庭則設在二樓，律師在那裡以古羅馬戰士之姿奮勇戰鬥，法官則像是統治天下的君王。

西奧才十三歲，他還沒有決定人生的志向。有時候，他夢想自己成爲一位從未吃過敗仗的訴訟律師，專門處理重大案件；有時候，他又夢想成爲以智慧和公正聞名的偉大法官。他

❶「陪審團」是指法院在審判案件前，臨時挑選出不特定公民所組織起來的團體，是英美等國所使用的司法制度。陪審團的人數依各地法律的規定而有不同，其主要作用在於認定被告是否有犯罪事實，但最後判決還是法官的責任。目前台灣的司法無此制度。

的思緒擺盪於兩者之間，天天都在變。

週一的早上，法院大廳已經人潮擁擠，彷彿律師和他們的客戶都巴望著早點開始一週行程。電梯前擠了一堆人，西奧三步併兩步飛奔過兩段樓梯，往東側盡頭的家事法庭❷邁進。他對這一區瞭若指掌，因爲他媽媽是專辦離婚訴訟的律師，而且總是代表女方。離婚官司由法官裁決，不需要陪審團，再說，法官也不喜歡成群民眾旁聽這類敏感案件，所以家事法庭並不大。有幾位律師神情凝重地聚在門邊，顯然不太同意對方的看法。西奧在走道上搜尋，轉了個彎，終於找到他的朋友。

一個女孩獨自坐在木頭長椅上，瘦小又脆弱，一副很緊張的模樣。她一看到西奧，臉上泛起了一抹微笑，隨即又用手遮住嘴。西奧連忙湊到她身邊坐下，和她挨得很緊，膝蓋碰著膝蓋。如果是其他女孩，西奧肯定會保持半公尺以上的距離，避免有任何身體接觸。

但愛波．芬摩可不是一般的女孩子，他們四歲就認識了，因爲他們一起在附近的教會學校唸幼稚園。自有記憶以來，他們一直是好朋友。這不是什麼羅曼史，談愛情他們還嫌太小。西奧的班上沒有任何十三歲男孩會承認自己有女朋友。他們絕對不想跟女生有任何瓜葛，而女孩們也有同感。有人警告他們，這種關係在未來會產生戲劇性的轉變，但現在看起來完全不可能。

愛波就是西奧的一個朋友，而且是極需幫助的朋友。她父母正在辦離婚，西奧好慶幸這案子與他媽媽無關。

走上離婚一途，對所有認識愛波父母的人來說，一點也不奇怪。她爸爸是個怪裡怪氣的古董商人，身兼某個老搖滾樂團的鼓手。他不只在夜店演奏，有時候還有一連數週的巡迴演出。她媽媽飼養山羊、製作羊乳酪，然後駕著一台亮黃色的改裝靈車，在城裡四處兜售；那隻古董級的灰鬍子蜘蛛猴總是霸佔前座，大口嚼著那些滯銷乳酪。西奧的爸爸說他們是「非傳統」家庭，西奧覺得那指的就是「怪咖」家庭。她的父母都曾因毒品而遭到起訴，儘管並未被判刑。

「你還好嗎？」西奧問。

「不好，我討厭待在這裡。」她回答。

她的哥哥歐格和姊姊瑪居都蹺家了。歐格在他高中畢業後的第二天離家，瑪居在她十六歲那年放棄學業、離開家鄉，於是只剩愛波一人獨自忍受雙親的折磨。西奧什麼都知道，因為愛波對他從不隱瞞。她非如此不可，她需要一個傾訴心事的對象，而那個人就是西奧。

「我不想跟他們任何一個一起住。」她表示。這樣說自己的父母很不好，但西奧完全能理解。他鄙視愛波的父母，因為他們對待她的方式；因為他們一團亂的生活；因為他們完全無

❷「家事法庭」是專辦離婚等家庭案件的法庭，通常以不公開的形式調解家庭問題，消弭家庭糾紛。

視愛波的存在，更因爲他們對親生女兒如此殘酷。一想起芬摩夫婦，西奧就有一連串止不住的怨言。如果要逼他住在那個家中，他也鐵定會逃走；他知道城裡沒有一個孩子會想踏進她家一步。

這起離婚官司已經進入第三天的程序，愛波很快就會被傳喚到證人席作證，法官還會問她那個無法避免的問題：「愛波，你想跟爸爸還是媽媽住？」

她不知道正確答案是什麼，雖然已經和西奧花了好幾個小時討論，她仍然不知道該怎麼回答。

西奧心中最大的疑惑是，爲什麼那兩個人會想爭奪愛波的監護權呢？不論是她爸爸或媽媽，都完全忽視這個女兒。西奧聽過太多她的事了，不過他從來沒有轉述給任何人聽。

「你打算怎麼說？」他問。

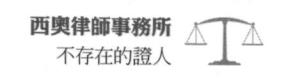

「我要跟法官說，我想去丹佛，跟佩格阿姨一起住。」

「她不是不願意嗎？」

「沒錯。」

「那你就不能那樣說。」

「西奧，那我該怎麼說呢？」

「要是我媽就會說，你應該跟著母親生活。我知道這樣不算最好的選擇，但你也沒有別條路可選了。」

「可是，法官想怎樣就能怎樣，對吧？」

「沒錯，如果你已經十四歲，你的決定就具有法律約束力，但是你才十三歲，法官只會參考參考你的意願。我媽說，這個法官幾乎不曾把監護權判給父親，爲保險起見，你還是跟著你媽吧。」

愛波穿著登山靴、牛仔褲和藍色毛衣。她很少穿得像個女生，但毫無疑問，她是貨眞價實的女生。她擦掉臉頰上的淚水，試著保持鎭定地說：「謝啦，西奧。」

「眞希望我能陪著你。」

「我呢，眞希望能上學去。」

他們勉強對彼此擠出一個微笑。

「我會想著你的，要堅強喔。」

「謝啦，西奧。」

西奧最喜歡的法官是德高望重的亨利．甘崔。八點二十分，他走進這位大人物的辦公室接待處。

「喔，西奧，早安啊。」哈迪太太說。她正把某個東西攪拌到咖啡裡，準備開始工作。

「早安，哈迪太太。」西奧臉上掛著微笑。

「這回又是什麼風把你吹來啦？」她問西奧。西奧猜測哈迪太太比媽媽年輕，而且她十分美麗動人。在整個法院中，西奧最喜歡的祕書就是她，而他最喜歡的書記官，則是家事法庭的珍妮。

「我必須和甘崔法官見個面。」西奧回答。「他在嗎？」

「在啊，不過他現在很忙。」

「拜託，只要一下下。」

哈迪太太啜了口咖啡，問：「該不會和明天那宗大案子有關吧？」

「沒錯，哈迪太太。明天是第一次開庭，我想帶我們公民課的同學來旁聽，但是我得先來確認位置夠不夠坐。」

「喔，這我就不清楚了，西奧。」哈迪太太說著，一邊皺眉搖頭。「可以想見會有大批人潮湧入，座位會很滿的。」

「我可以和法官談談嗎？」

「你們班上有幾個人？」

「十六個。或許我們可以坐在上頭的包廂？」

她拿起電話，仍然皺著眉頭，按了一個鍵。等了一會兒，她說：「甘崔法官，西奧・布恩來了，他說想要見您。我已經跟他說您非常忙碌。」她又聽了一會兒就掛上電話，指著法官辦公室的門說：「快去吧。」

過沒幾秒，西奧就站在全鎮最大的辦公桌前，那上面堆滿了各式各樣的文件、資料夾和厚厚的檔案夾，象徵了亨利．甘崔法官至高無上的權力。此時甘崔法官臉上沒有一絲笑容，西奧認為法官是因為工作被他打斷，所以才笑不出來。不過他自己還是奮力咧開嘴，露出光芒閃耀的牙套，拚命對著這位大人物笑。

「請說明來意。」甘崔法官說。西奧曾聽他在許多場合發出類似的指令，也看過許多律師，優秀的律師，在甘崔法官的怒視之下倉皇起身、說話結巴。法官現在看起來並沒有發怒，身上穿的也不是黑長袍，但還是一樣令人畏懼。西奧清了清喉嚨，那一瞬間，他確信看到這位法官朋友的眼中閃過一道光芒。

「是，甘崔法官。我們公民老師蒙特先生想向校長申請一天的校外教學，帶大家來旁聽明天的初審。」西奧停頓一下，深深吸口氣。他告訴自己要像厲害的辯護律師那樣口齒清晰、不疾不徐、強而有力。「我們需要一些保留席，或許可以讓我們坐在樓上的包廂。」

「喔，那你們有……？」

「是，甘崔法官。」

「多少人？」

「總共十六人，再加上蒙特老師。」

甘崔法官拿起一份卷宗開始審閱，彷彿不記得西奧還立正站在桌子對面等待回應。西奧很尷尬地等了十五秒，法官突然打破沉默說：「樓上前包廂，十七個座位，靠左邊。我會請法警在明天早上八點五十分帶你們入座。記得要舉止合宜。」

「絕對沒問題，甘崔法官。」

「我會請哈迪太太寄封電子郵件給你們校長。」

「謝謝您，法官。」

「你可以離開了，西奧。抱歉，我很忙。」

「沒關係，法官。」

正當西奧快步走向門口時，法官問：「嘿，西奧，你覺得達菲先生有罪嗎？」

西奧停下腳步，轉過身，毫不遲疑地回答：「我們必須假定他是清白的。」

「這我懂，我是在問你的個人意見。」

「我覺得犯人就是他。」

法官微微點頭，看不出來是贊同或反對。

「那您覺得呢？」西奧問。

終於，法官臉上出現一絲笑容。「西奧，我是個公正不徇私的裁判，不會先入爲主地認定被告有罪或無罪。」

「我就猜到您會這麼說。」

「明天見。」西奧嘎的一聲開了門，快步離去。

哈迪太太此時正雙手叉腰站立，瞪著兩名求見甘崔法官的激動律師。西奧走出法官辦公室時，這三個人同時閉上嘴。他匆匆經過他們身旁，對哈迪太太微笑說聲「謝謝」，然後拉開門，消失在門後。

第2章

從法院騎腳踏車到學校，大概需要十五分鐘，這是在一切舉止合宜的情況下；也就是說，如果有乖乖遵守交通規則、忍著不侵入他人土地的話。西奧通常都會這麼做，不過快遲到的時候例外。此刻，他正飛也似地在市場街逆向行駛，然後在一輛車子前蹦上人行道；接著閃電般疾駛過停車場，沒放過任何一條可用的步道；緊跟著發生了他最嚴重的違規事項：他俯身穿越榆樹街兩旁的屋子。西奧聽到有人在他身後的門廊大吼，一直吼到他安全轉進學校後面教師停車場的巷子爲止。他看看時間，花了九分鐘，成績還不錯。

他把腳踏車停在旗桿旁的鐵架，用鍊子鎖上，然後隨著那群剛從巴士下車的孩子蜂擁入校。八點四十分的鐘聲響起時，西奧正好走進教室跟蒙特老師說了早安。蒙特先生不只是他的公民課老師，也是他的導師。

「跟甘崔法官談過了。」西奧在老師的桌子旁說，這張桌子比他剛剛在法院看到那張小得多。教室裡充斥著一早常見的嘈雜混亂，十六個男孩都到校了，而且每個人都在進行某種惡作劇、小扭打、開玩笑或你推我擠的遊戲。

「然後呢？」

「有位子了，我一早就先去處理這件事。」

「太棒了。做得好，西奧。」

蒙特老師終於開始維持秩序、點名、宣布注意事項；十分鐘後，再將這班男孩送去上第一節的西班牙文課。這堂課的老師是莫妮卡女士，教室則位在走廊盡頭。通常在換班的時候，男孩和女孩之間會上演一些很蠢的調情戲碼。根據鎮上主導教育方針的一些聰明人所頒布的新政策，上課時必須男女分班，在其他時間，男生和女生才可以自由相處。

莫妮卡老師來自西非的喀麥隆，個子高挑、膚色黝黑。到斯托騰堡三年後，她的先生也從喀麥隆前來任教，在當地的大學教語言課程。莫妮卡老師一點也不像一般的中學老師，簡直是有天壤之別。在非洲長大的她，從小說的是自己部族的方言——貝堤語，她也精通喀麥隆的官方語言——英語和法語。她的父親是醫生，可以送她去瑞士讀書，於是她學了德語和義大利語。在馬德里念大學時，她學了一口漂亮的西班牙語。目前她正在自修俄文，下一個目標則是中文。她的教室塞滿各式漂亮又壯觀的彩色世界地圖，她的學生相信世界上沒有哪裡是老師沒去過的；沒有什麼是老師沒看過的；沒有一種語言是老師不會說的。莫妮卡老師總是跟學生說，這個世界很大，很多國家的人都不只會說一種語言。她要學生們專心學習西班牙文，也很鼓勵他們探索其他語言。

西奧的媽媽學西班牙文已經超過二十年，所以在他還沒入學前，就已經跟媽媽學會許多基礎單字和片語。他媽媽的客戶有些來自中美洲，每當西奧在辦公室遇到他們，就會迫不及待練習一下西班牙語，而客戶們也都覺得滿有趣的。

莫妮卡老師曾說西奧對語言的聽覺很敏銳，這也激發出他學習的衝勁。好奇心強的學生常常會這麼請求莫妮卡老師：「老師，講德文給我們聽嘛」或是「說義大利文嘛」。莫妮卡老師會順應他們的要求，不過他們得先用那個語言說幾句話，這樣不但可以加分，還能增加學習熱忱。西奧班上的同學，大多都懂數種語言的一些詞語。像是艾倫，他媽媽是西班牙人，爸爸是德國人，他大概是班上最有語言天分的學生，不過西奧已經下定決心要趕上他。僅次於公民課，西班牙文是西奧最喜歡的科目，而莫妮卡老師也是在蒙特老師之後，他最喜歡的一位老師。

不過今天的課，西奧覺得好難專心。他們在學西班牙文的動詞變化。好好的日子卻得學這乏味的東西，西奧的心思全放在別的地方。他很擔心愛波，擔心她會在證人席上度過悲慘的一天，他無法想像被迫在親生父母間做取捨的感覺。他先強迫自己把愛波的事擱在一旁，不料腦子又完全被那起謀殺案所盤據。他好想趕快看到律師們提出開庭陳述，眞希望明天快一點到！

西奧的同學大多是夢想得到大型比賽或演唱會的門票，但西奧的夢想不一樣，他是爲了大型審判而活！

第二節課是卡曼老師的幾何學，接著是一小段戶外活動時間，然後大家回到原教室，蒙特老師在等他們。對西奧而言，接下來是一天當中最棒的時光。蒙特老師大約三十五歲，曾在芝加哥爲某家摩天大樓裡的大企業擔任律師。他的兄弟也是律師，父親和祖父都當過律師或法官。但蒙特先生後來漸漸厭倦長時間工作與過高的壓力，所以呢，他不幹了。他跟大把鈔票說再見，然後找到這份更值得他去做的事——教書。雖然他仍自視爲律師，但他熱愛教學，而且認爲教室比法庭更重要。

由於蒙特老師擁有豐富的法學知識，所以他上公民課時，大部分是在討論法律案件，包括舊的判決和最近的案子，甚至是電視上那些虛構的法律劇。

「好了，男士們。」當同學們就定位之後，蒙特老師開始說話。他總是稱呼他們「男士們」，這對十三歲的男孩來說，是莫大的讚美。「明天早上八點十五分，我要你們在這裡集合。我們要搭公車去法院，然後一整天好好待在位子上。這是校長核准的校外教學，所以你們當天可以不用上其他課程。記得要帶午餐錢，我們會在『老爹快餐店』用餐。有沒有什麼問題？」

這些男士們全神貫注聽著老師的每一句話，難掩滿臉的興奮。

「可以帶背包嗎？」有人問。

「不行。」蒙特老師回答。「你不能帶任何東西進入法庭，那裡的安全戒備十分嚴密，因爲這是鎮上長久以來的第一宗謀殺案。還有問題嗎？」

「我們該穿什麼衣服？」

所有人都緩緩望向西奧，就連蒙特老師也是。西奧耗在法院的時間，恐怕比大部分律師還久，這是眾所皆知的事。

「西裝外套和領帶嗎？」蒙特老師問。

「噢，不，不用那樣。我們現在穿的就可以了。」

「很好。其他問題？好，那現在我請西奧爲明天的審判暖暖場，他會介紹一下法庭的布局和出場人物有誰，並讓我們了解明天要參與的案件究竟是什麼。西奧。」

西奧的筆記電腦和投影機已經連線，他走到教室前方，按下一個鍵，一張大型示意圖便出現在白色投影螢幕上。「這就是大法庭。」西奧用他最像律師的口吻說。他手持雷射光筆，以紅光在圖的四周繞圈。「法庭前方的中間這裡，就是法官席❸，法官坐在這裡開庭並掌控全局。我不清楚爲何法官席被稱作『長椅』，其實那還比較像是王位，不過大家都是這麼叫的。這次負責審判的是亨利．甘崔法官。」西奧敲了個鍵，出現一張甘崔法官的正式照片，他身穿黑袍，表情嚴肅。西奧把照片縮小，拖曳到法官席的位置。法官就位後，他繼續說：「甘崔法官的法官資歷有二十多年，他只處理刑事案件。他的審判風格嚴謹，深受許多律師愛戴。」雷射光指向法庭中央。「這是被告席，被控謀殺的達菲先生會坐在這裡。」西奧又敲了個鍵，出現一張取自報紙的黑白照片。「這是達菲先生，現年四十九歲，與已故的達菲太太有婚姻關係。正如大家都知道的，達菲先生被控殺害了達菲太太。」西奧縮小照片，拖曳到被告席。「他的律師是克利弗．南斯，大概是本州最負盛名的刑事律師。」南斯的照片是彩色的，身穿深色西裝，露出賊頭賊腦的笑容，還留著一頭灰色的長捲髮。他的照片也被縮小，移到他的當事人旁邊。「被告席旁就是檢察官席，這次領軍的檢察官是傑克．荷根，他也是我們的地區檢察官。」荷根的照片出現幾秒後，就被縮小移到檢察官席上。

「你在哪裡找到這些照片的？」有人問。

「律師協會每年都會出版一本收錄所有律師和法官的名冊。」西奧回答。

「你也在裡面嗎？」這問題引發了一些笑聲。

「並沒有。我們繼續。檢方和被告兩方都會有其他律師和律師助理出席，這一區通常會很擠。至於那裡，就在被告席隔壁，是陪審團席，共有十四個座位，十二個給陪審團員，另外兩個是給候補者。多數的州政府採行十二人制陪審團，不過其他人數組合的陪審團也很常

❸「法官席」的英文為Bench，有「長椅」之意，也可用來表示法官席或法官的職位。

見。無論有幾個人，必須全體一致同意，才能做出判決，至少刑事案件是這樣。準備候補人選，是爲了預防這十二位陪審團員有人生病、請假或無法出席，就可以遞補。上禮拜陪審團人選就已經決定了，所以我們現在可以跳過挑選過程，因爲那還滿無聊的。」雷射光指向法官席前方的位置，西奧繼續說明：「書記官坐在這裡，她配備有一台長得像打字機的速記機，但功能和打字機截然不同。她的工作是要將審判過程中所說的每一句話都記錄下來。或許聽起來不太可能，她卻能看似輕鬆地完成任務。之後她會準備一份文字記錄，這樣不論律師群或法官，都能保留一份完整資料，有些記錄可能多達數千頁。」雷射光又移到別處，西奧說：「這裡，在法官下方、靠近書記官的地方是證人席。每個證人必須走上這裡，發誓所言絕無虛假，然後坐下來備詢。」

「那我們要坐在哪裡？」

雷射光指向示意圖中央。「這裡叫『柵欄』，也就是旁聽席❹。同樣的，別問我爲什麼這樣稱呼，或許是他們用木製欄杆將旁聽民眾與審判區域隔開。旁聽席有十排位子，中間有條走道，通常這些位子就很夠坐了，但這次的案子不同。」雷射光指向法庭後方，「這裡，在最後幾排上方有個小包廂，裡面有三條長椅，那就是我們的位子。別擔心，坐在那裡也能看得到、聽得到一切。」

「還有什麼疑問嗎？」蒙特老師問。

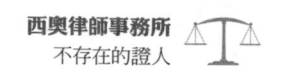

這群男孩傻愣愣地盯著示意圖看。「由誰先開始？」有人問。

西奧邊踱步邊說：「這個嘛，政府有義務證明嫌犯有罪，所以必須先由控方陳述起訴意旨。明天早上一開庭，檢察官就會先走向陪審團席，對他們說明案情，這就叫做『開庭陳述』。他會清楚鋪陳事件始末，被告的辯護律師那邊也會這麼做。然後，檢方會開始傳喚證人。大家都知道，在法律上我們得假設達菲先生是清白的，而代表政府的檢方，則是要證明他有罪，而且是在完全合理懷疑的情形下。達菲先生宣稱自己無罪，雖然這在現實生活中很少是眞的，因爲被起訴謀殺罪的被告當中，最後約有百分之八十的人會認罪，他們的確就是犯人；剩下的百分之二十會上法庭接受審判，而其中有百分之九十的人會被判有罪。也就是說，謀殺嫌疑犯很少是清白的。」

「我爸覺得他就是犯人。」布萊恩說。

「很多人都這麼認爲。」西奧說。

「西奧，你看過幾次審判？」

「不知道，十幾次吧。」

這十五個男孩當中，沒有人進過法庭半次，所以他們都覺得西奧太令人難以置信了。西

❹「旁聽席」的英文為Bar，有「柵欄」之意，也可用來表示法庭上的旁聽席。

奧補充說：「在電視上看多了法庭戲碼的同學，不要有太高的期待。眞實的審判是很不一樣的，一點也不刺激。那裡沒有祕密證人、沒有戲劇性的自白，也沒有律師會上演全武行。而且這次的審判中，缺少了目擊者，這表示檢方的所有證據都是間接的。我們將會不時聽到『間接證據』這個詞語，尤其是從被告的律師南斯先生嘴裡。他一定會大肆渲染檢方手上缺乏直接證據，強調一切都只是間接證據。」

「那到底是什麼意思啊？」有人問。

「意思就是，證據是間接獲得的，不是直接得來的。比如說，你今天騎腳踏車上學嗎？」

「是啊。」

「那你有用鐵鍊把腳踏車鎖在旗桿旁的鐵架上嗎？」

「有啊。」

「好，如果你下午放學時，走到鐵架那裡發現車子不見了，而鍊子被剪斷了，這樣就是有間接證據顯示某人偷了你的車，但因爲沒有人親眼看到那個小偷，所以沒有直接證據。假設明天警方在瑞里街某家以銷贓聞名的當鋪找到你的車，老闆提供了賣車人的姓名，最後警方循線調查，找到一個有竊車前科的傢伙，這時候即使經由間接證據，也能充分證明這個傢伙就是偷車賊。這種情況就是沒有直接證據，只有間接證據。」

這時連蒙特老師都聽得頻頻點頭。他是八年級辯論小組的指導老師，想當然，西奧·布恩是他的得意門生，他不會教過思緒如此敏捷的學生。

「謝謝你，西奧。」蒙特老師說：「也謝謝你幫忙爭取到明天的旁聽席。」

「小事一樁。」西奧說，驕傲地走回他的座位。

他們是這所優秀公立學校裡的一群聰明學生。賈斯汀是最佳運動員，雖然他游泳不如布萊恩快；瑞卡多的高爾夫球和網球球技無人能敵；愛德華能拉大提琴；伍迪會彈電子吉他；達倫會打鼓；賈伐斯會吹小喇叭；喬伊擁有超高智商和完美成績；雀斯是瘋狂科學家，隨時有可能把實驗室炸掉；艾倫從媽媽那裡學會西班牙語，在爸爸那兒學會德語，當然他還會說英語；布蘭登每天一早送報，在網路上做股票交易，他打算成為班上第一個百萬富翁。

當然還要算上兩個無可救藥的怪胎，以及那位未來的壞胚子。

這個班上甚至有一位他們自己的律師，在蒙特老師心目中最棒的律師。

第3章

「布恩&布恩法律事務所」位於帕克街上一幢改建的老房子裡，與主街相距三個街區，走路到法院大概需要十分鐘。這附近的律師事務所很多，事實上，帕克街的所有建築都已經轉變為律師、建築師、會計師和工程師的辦公室。

這家事務所共有兩位律師，布恩先生和布恩太太，他們是名符其實的合夥人，雙方地位相當。布恩先生，也就是西奧的父親，約莫五十出頭，但看起來比實際年齡老得多，至少西奧心裡偷偷這麼想。布恩先生名叫伍茲，西奧覺得那比較像是姓氏，不像名字，比如高爾夫球選手老虎伍茲，或是演員詹姆士．伍茲。西奧仍在搜尋名叫伍茲的人，不過他不想花太多時間煩惱這件小事，他盡量不讓無法控制的事情煩心。

有時候西奧把爸爸的名字伍茲．布恩（Woods Boone）唸得很快，聽起來就會變成「伍茲奔❺（Woodspoon）」，也就是木製湯匙的意思。他查過字典，上面並沒有這個字，但他覺得應該要有才對。大家都知道，木頭做的湯匙叫做 Wooden Spoon，不是叫 Woodspoon，但話說回來，這個年頭還有誰會用木製湯匙啊？幹嘛想這些瑣碎的小事？沒辦法，這就像是一些討人厭的小習慣，怎麼都改不了。每次西奧一來到爸爸的辦公室門口，就想起「木製湯匙」這個字眼，接著就會看到名牌上鏤黑的名字。

踩著沾染汙漬、經年磨損的地毯，爬上搖搖晃晃的樓梯，西奧終於抵達爸爸在二樓的辦公室。布恩先生在二樓辦公，只有他自己一個人，因爲他是被一樓女士們請上樓的，原因有兩個：第一，他是個懶惰邋遢的人，而他的辦公室根本是座廢墟，雖然西奧好喜歡那裡；第二個原因就更讓人討厭了，布恩先生習慣抽菸斗，還喜歡緊閉門窗、關掉風扇，好讓當天特選的菸草氣味，濃濃瀰漫整個房間。西奧不怕菸草的味道，他只擔心爸爸的健康。布恩先生完全不在意體態，幾乎不運動，而且有些過胖。他努力工作卻不帶工作回家，而布恩太太就完全不是這樣。

布恩先生是房地產律師，雖然西奧覺得這是法律界最最無聊的工作。爸爸從來不用上法庭，不用在法官面前辯論，也不用說服陪審團，看來甚至不用離開辦公室。事實上，他常說自己是「辦公室律師」，還對這個稱號感到洋洋得意。西奧當然很敬重父親，不過在他的生涯規劃中，絕對不包括把自己鎖在辦公室這種事。不，他很確定自己的目的地是法庭。

布恩先生獨佔了二樓的空間，所以他的辦公室很大，有兩排又長又沉重的書櫃，分別靠

---

❺西奧的父親名為 Woods Boone，連音唸起來會像是 Woodspoon。Wood 為樹林、木頭之意，spoon 是湯匙。

著兩面牆站立；另外兩面牆上掛滿了彷佛可無限擴展的照片集錦。每一幅加框的照片裡，都可以看到布恩先生做過的重要事蹟，像是和政治人物握手、在法律會議上與律師同業合影等等。西奧的好奇心旺盛，眼睛老是在搜尋敞開的門，所以他已經觀察過鎮上許多律師的辦公室。他發現律師們就是喜歡在牆上掛滿這種照片，以及學位證明、獎項或是某某俱樂部的會員證書。媽媽戲稱那些是「自我牆」，而她自己的牆面幾乎是空的，只掛了幾幅讓人困惑的現代藝術品。

西奧敲敲門，推門進入辦公室。每天下午放學後，照規矩他得去和爸爸媽媽打聲招呼，除非他有別的事要忙。爸爸獨自坐在一張老舊的辦公桌後方，桌上有成堆的文件。他總是一個人在辦公室裡，他的客戶很少出現，他們要不就打電話，要不就用郵寄、傳真或電子郵件傳送東西，並不需要親自造訪布恩&布恩法律事務所。

「哈囉。」西奧陷入椅子裡。

「在學校過得怎樣啊？」爸爸問，每天的問題都一樣。

「很不錯。校長核准我們明天的法庭校外教學了。今天早上我去見甘崔法官，他答應讓我們坐在樓上的包廂旁聽。」

「不錯嘛，幸運的小子。城裡有一半的人都會去旁聽吧。」

「你會去嗎？」

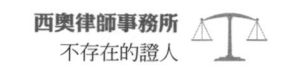

「我？不了。」爸爸揮著成堆的文件示意，彷彿那些東西需要立即處理似的。西奧之前不小心聽到他父母的對話，他們都發誓不會去旁聽那場謀殺案。他們自己就是忙碌的律師，再怎麼說，好像都不該浪費時間去聽別人的案子。不過西奧清楚得很，他們就像其他人一樣非常想去。

他爸爸會拿工作當藉口，避免去做某些事。媽媽也是，只不過程度輕微些。

「審判會進行多久啊？」西奧問。

「聽說可能要一週。」

「我好想從頭看到尾喔。」

「想都別想，西奧。我跟甘崔法官談過了，當你應該在學校上課的時候，他如果在法庭上看到你，就會立刻中止審判，請法警把你拘留起來。我不會去保你出來，就讓你在裡面和醉鬼、黑道份子好好相處幾天。」

說著說著，布恩先生拿起菸斗，燃起一小束火，往斗缽裡點，然後開始吞雲吐霧。他們父子倆盯著對方看，西奧不確定爸爸是說眞的，還是在開玩笑，但他的表情看起來滿嚴肅的。甘崔法官和爸爸可是老朋友了。

「你在開玩笑吧？」西奧最後問爸爸。

「某部分是吧。我會保你出來，不過我也的確和甘崔法官談過這件事。」

西奧已經在腦海裡沙盤推演，要怎麼樣才能不讓甘崔法官發現他的行蹤。比較起來，蹺課還簡單得多。

「好，你該走啦。」布恩先生說：「去做功課吧。」

「等會兒見。」

樓下的前門是由一位幾乎和這棟建築一樣古老的女士負責看守。她叫做艾莎，姓米勒，但她不喜歡西奧或其他人用姓氏稱呼她，不管她到底幾歲了（其實也沒人說得準），也不管對方只是個十三歲的男孩，她堅持要大家叫她艾莎。早在西奧出生之前很久，艾莎就受雇於布恩夫婦。她是接待員、祕書，也是辦公室經理，必要時，她還能充當律師助理。她一手包辦事務所大小事，偶爾還得被迫調停樓上那位與樓下這位布恩律師間的小口角或歧見。

艾莎在布恩一家三口的生活中，扮演非常重要的角色。對西奧而言，她是朋友，也是傾吐心事的知己。「哈囉，艾莎。」西奧在艾莎桌前停下腳步，準備給她一個擁抱。

艾莎從椅子上跳起來，一如往常地熱情洋溢。她用力擁抱西奧，然後看著他說：「你不是要穿星期五穿的那件襯衫？」

「後來沒有。」他的確沒穿。

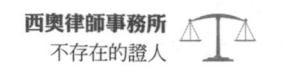

「我以為你穿了呢。」

「艾莎，對不起啦。」她常對西奧的穿著提出建議，對十三歲的男孩來說，這樣實在有點煩。不過西奧也因此不敢鬆懈，他總覺得有人一直在觀察他，對他品頭論足。每天早上，當他匆匆忙忙換衣服時，就會想到艾莎。這又是他另外一個惱人又甩不開的習慣。

艾莎的衣櫃簡直是傳奇。她個子很嬌小，非常迷你，照西奧媽媽的說法，艾莎可以穿進「任何衣服」，而她則偏好用色大膽的緊身服裝。今天她穿的是黑色皮褲，配上奇特的綠色毛衣，那種綠色讓西奧聯想到蘆筍；她的灰色短髮閃閃發亮，還抓出尖尖的層次感；她的眼鏡總是搭配服裝，今天是綠色的。總之，艾莎絕對不是無聊的老古董，儘管可能快七十歲了，但她可不是默默老去那型。

「我媽在嗎？」西奧問。

「在啊，門是開的。」她坐回椅子上，西奧準備走開。

「謝謝你。」

「你有個同學打電話來。」

「誰啊？」

「一個叫山迪的，他說等一下可能會過來一趟。」

「嗯，謝啦！」

西奧穿過門廳，在某一扇門前停下，然後跟房地產祕書陶樂絲打招呼。她是個好人，不過就跟她樓上那位老闆一樣無趣。接著西奧停在另一扇門前和文森打招呼，這位是長久以來幫布恩太太處理工作的律師助理。

西奧走進辦公室坐下時，她媽媽瑪伽拉．布恩正在講電話。她的辦公桌是用玻璃和鉻製成，整理得井井有條，看得到大部分的桌面，和她先生的桌子形成極大反差。處理中的文件都收納在她身後一個整齊的架子上，一切都井然有序，除了她的鞋子並不在她腳上，而是擺放在一旁。那是一雙高跟鞋，西奧知道這表示她白天上過法庭。嗯，她穿著出庭時才會穿的套裝，是酒紅色的裙子和外套。西奧的媽媽總是穿著美麗合宜，而出庭那天，她會加倍用心打扮。

「男人可以一副邋遢樣出庭，」她常常這麼說：「但女人呢，老是被要求看起來端莊整潔，這公平嗎？」

艾莎總是附和著，同意那並不公平。

事實上，布恩太太很喜歡花錢打扮，一定要讓自己看起來美美的。布恩先生一點也不在乎時尚，更不講究整潔。雖然他只比太太大三歲，這對夫妻的心智年齡至少差了一輪。

此時此刻，她正在和某位法官通電話，聽起來對方並不同意她的說法。等她掛上電話後，態度呈現一百八十度轉變。她笑笑地說：「哈囉，親愛的，今天過得怎樣啊？」

「很好啊，媽媽你呢？」

「老樣子。學校有發生什麼好玩的事嗎？」

「明天有校外教學，我們要去旁聽那場審判。你會去嗎？」

她馬上搖頭說不。「明天我有一場山佛法官主持的公聽會。我太忙了，沒辦法坐在那裡看完一場審訊。」

「爸說他跟甘崔法官談過，他們密謀不讓我旁聽這件案子的審判。你覺得是眞的嗎？」

「我當然希望是眞的，學業比什麼都重要。」

「學校很無聊耶，媽。我喜歡其中兩門課，其他都是在浪費時間。」

「我可不會說受教育是種浪費。」

「我可以在法庭裡學到更多啊。」

「或許吧，但你未來多的是機會在法庭裡待很久很久。目前這個階段，我們還是專心過八年級的生活，好嗎？」

「我考慮在網路上修習一些法律課程。有個很酷的網站，裡頭應有盡有。」

「西奧，親愛的，你還不用準備去念法律學校，我們已經談過這件事了。現在你只要盡情享受八年級的生活，然後上中學，再繼續往上念。你只是個孩子，懂嗎？那就該享受身爲孩子的樂趣啊。」

他聳聳肩，什麼也沒說。

「好啦，現在去做功課吧。」

她的電話再度響起，艾莎也轉來一通重要來電。「好，我得工作了。泰迪，笑一個嘛。」布恩太太說。西奧聽命離開辦公室，背著包包經過亂糟糟的影印間，穿越兩間塞滿一箱箱舊文件的儲藏室。

西奧確信自己是在斯托騰堡唯一擁有自己辦公室的八年級生。那是一間小得像箱子一般的儲藏室，十多年前有人在主屋裡加蓋了這個房間，在西奧接管之前，事務所拿它來儲藏絕版的古老法律叢書。他的辦公桌是一張撲克牌桌，雖然沒有媽媽的桌子來得整齊，卻比爸爸的有條理得多。他的椅子是張破舊的旋轉椅，那是他父母重新整修艾莎前方的圖書室時，被他搶救下來的。

他的狗狗法官正坐在那張椅子上。法官在律師事務所度過牠的每一天，有時睡個覺，有時四處漫遊，盡量避開人類，因爲這裡的人總是行色匆匆。照慣例，開會時牠會被趕出房間。到了黃昏時分，牠才慢慢走回西奧的辦公室，爬上西奧的椅子，靜靜等待。

「哈囉，法官！」西奧邊說邊摸法官的頭，「你今天忙不忙啊？」

法官從椅子上一躍而下，搖著尾巴，眞是隻開心的狗。西奧在他的椅子上坐好，把背包放到桌上，環視四周。他在其中一面牆上貼著美國職棒雙城隊的海報，以及這一季的職棒賽程。就他所知，他是本地唯一的雙城隊球迷，因爲雙城隊是明尼蘇達州的球隊，但明尼蘇達州遠在一千公里外，西奧從來沒去過那裡。斯托騰堡這裡沒人支持他們，所以西奧決定要替他們加油，他覺得這裡至少要有一個他們的粉絲，這樣才公平。多年前他選定支持雙城隊後，歷經漫長球季的考驗，現在他已經是個死忠的球迷了。

另外一面牆上，有一張西奧．布恩律師的漫畫速寫。他穿西裝、打領帶、站在法庭裡；一支法槌飛過，差點擊中他的頭，上面寫著：「駁回！」背後的陪審團哈哈大笑，讓他們發笑的對象正是畫中的西奧。右下方，這位藝術家潦草地簽上她的大名：愛波．芬摩。這是一年前她送給西奧的生日禮物。愛波現在的夢想是逃往巴黎，在街頭素描或彩繪風景，如此度過她的餘生。

他辦公室裡還有一扇門通往小小的門廊，而門廊又通往後院，那塊地覆蓋著沙礫，被當作停車場使用。

一如往常，他把背包裡的東西拿出來，開始做功課。從西奧一年級開始，爸媽就立下嚴格的規矩，規定他得在晚飯前完成所有作業。他有氣喘，因此無法參與任何他嚮往的團體運動，不過這也保障了他各科成績全拿A。多年來，他也不大甘願地接受了一個事實：以優異的學業成績取代那些他錯過的比賽，是值得的。儘管如此，他還是可以打高爾夫球。每週六早上九點，他和爸爸總是準時開球。

後門傳來敲門聲，法官在桌子底下的小窩發出輕輕的嗚嗚聲。

山迪．寇也是西奧學校裡的八年級生，不過他們不同班。西奧認得他，但不熟，只知道他個性很好，話不多。山迪有話要說，於是西奧帶他到房間裡談。他們兩個一坐下，房間就滿了。山迪坐在房裡僅有的另一張椅子上，那張折疊椅平時都收在牆角。

「我們可以就私下談談嗎？」山迪問。他看起來既害羞又緊張。

「當然，怎麼啦？」

「呃，我想，我需要你的建議。雖然也不是很確定，但我得找人談一談。」

西奧顧問說：「你所說的一切，我都會保密。」

「嗯，好。幾個月前，我爸爸被炒魷魚了。呃，現在家裡的情況很糟。」他停了一下，等西奧接話。

「我很遺憾。」

「昨天晚上，他們在廚房討論非常嚴肅的事情，我知道我不該偷聽，但我忍不住。你知道什麼是『取消贖回權』嗎？」

「知道。」

「那是什麼？」

「最近有好多取消贖回權的例子。它的意思是，一個人擁有的一棟房子，卻不能拿來抵押付款，而且銀行要接收這棟房子。」

「我一點都聽不懂。」

「好的，大概像是這樣。」西奧拿來一本平裝書，放在桌子正中央，「我們假設這是一棟你想要買的房子，價值十萬美元。你沒有十萬美元，所以你跑去銀行借了這筆錢。」他又拿了一本筆記本，放在書旁邊。「這就是銀行。」

「了解。」

「銀行借了你十萬美元，現在你就有錢向賣房子的人買房子了。你答應銀行每個月還……就說五百元好了，連續三十年。」

「三十年？」

「沒錯，一般條件都是這樣。這樣的貸款，銀行都會收取一筆額外費用，叫做利息，所以每個月你要償還十萬美元當中的部分金額，外加一筆利息。這樣對大家都有好處，你買到夢想中的房子，銀行也能賺取利息，一切都很好，直到……發生了某些事，讓你因此沒辦法每個月還錢。」

「那什麼是抵押？」

「像這種狀況就是抵押。在貸款還清之前，銀行可以對那棟房子主張它的權利，只要屋主沒有按時還款，銀行就能強行進入、奪走房子，把屋主踢出去，接手這棟房子。這就是取消贖回權。」西奧將筆記本緊緊壓在平裝書上。

「當他們談到搬出去的事，我媽就開始哭。從我出生到現在，我們一直住在那裡。」

西奧掀開他的筆記電腦，開機。「太糟糕了，」他說：「現在這種事好多。」

山迪低下頭來，看起來沮喪到了極點。

「你爸叫什麼名字？」

「湯瑪士，湯瑪士·寇。」

「你媽呢？」

「艾芙琳。」

西奧飛快地在鍵盤上敲打。「你家地址？」

「班寧頓街八一四號。」

他繼續打字。他們等待著，然後西奧說：「噢，天啊。」

「怎麼了？」

「是安全信託銀行，在主街上。十四年前，你父母向銀行借了十二萬美元的抵押貸款，三十年分期攤還。但他們已經有四個月沒有如期還款了。」

「四個月？」

「沒錯。」

「這些資料都在網路上？」

「是啊，不過不是每個人都找得到。」

「那你怎麼找到的？」

「辦法有很多。很多律師事務所會付費取得某些資料，再加上我懂得該怎麼挖深一點。」

山迪現在更沮喪了。他搖頭說：「所以我們會失去那棟房子？」

「那倒不一定。」

「什麼意思？我爸現在又沒工作。」

「有個辦法可以中止取消贖回權，讓銀行束手無策。你們可以再保有房子一段時間，或許可以撐到你爸找到工作為止。」

山迪看起來徹底地困惑。

「你聽過破產嗎？」西奧問。

「好像有，但我不知道那是什麼。」

「那是你唯一的選擇。你父母將會被迫申請破產保護，也就是說，他們可以請律師當代表，準備相關文件送到破產法庭。」

「請律師要多少錢？」

「別擔心這個，現在的重點是趕快去找律師。」

「不能請你們幫忙嗎？」

「抱歉，我爸媽不是處理破產案件的律師。不過隔壁過去兩戶，有位非常棒的律師，叫做史提夫・莫金格。我爸媽也會介紹案子過去，他們很喜歡那位律師。」

山迪快速記下他的名字，然後問：「那你覺得我們可以保住房子嗎？」

「可以的，不過你父母得盡快見見那位律師。」

「謝謝你，西奧。我真的不知道該說什麼。」

「別客氣，很高興我能幫上忙。」

山迪從後門匆匆離開，彷彿要衝回家宣布這個好消息。西奧看著他一路跳上腳踏車，穿越後方停車場離去。

又是一位滿意的客戶。

第4章

下午四點四十五分，布恩太太一手拿著資料夾，另一手拿著文件，走進西奧的辦公室。「西奧，」她的眼鏡掛在鼻梁的中間，「你可以幫我跑一趟家事法庭嗎？這些資料要在五點之前建檔。」

「媽，包在我身上。」

西奧起身，伸手拿他的背包。他一直在期待事務所裡會有某個人需要將資料送到法院去建檔。

「功課做完了，對吧？」

「對啊，今天功課不多。」

「好，今天是星期一，你會去看看艾克，對不對？那對他來說意義重大。」

西奧生命中的每個星期一，媽媽都會提醒他。這表示兩件事：第一，西奧得花至少三十分鐘陪艾克；第二，今天的晚餐是羅畢里歐餐廳的義大利料理。去羅畢里歐餐廳用餐，要比去陪艾克愉快得多。

「遵命，夫人。」他邊說邊把文件放進背包。「我們在羅畢里歐見嘍！」

「對，親愛的，七點見。」

「了解。」他回答。西奧推開後門，跟法官解釋他出去一會兒就回來。

他們家的晚餐總是在七點開始。在家用餐的時候，他們七點開飯，雖然這並不常見，因爲西奧的媽媽不喜歡做菜；上館子的時候，他們七點開飯；度假的時候，也是七點；去朋友家作客時，雖然他們不好意思無禮地要求對方在七點開飯，但認識布恩家的人都知道他們多重視七點開飯這件事，所以通常都會加以配合。偶爾幾次，西奧去朋友家住，或是去露營，或者因爲什麼原因不在城裡而沒在七點用餐，他都會感到滿心歡喜。

五分鐘後，他將腳踏車停在法院前面的鐵架，用鍊子上了鎖。家事法庭在三樓，經過刑事法庭，再往走廊一直走下去就到了。它的隔壁是觀護庭。這棟大樓裡還有好多好多其他法庭——交通、財產、小額賠償、毒品、動物、民事、破產等等應有盡有，或許還有一、兩種逃過了西奧的法眼。

西奧原本希望能找到愛波，可是她已經離開了。法庭裡空空蕩蕩，大廳也空無一人。他推開玻璃門，走進書記官辦公室，美麗的珍妮正在等著他。「喔，哈囉，西奧。」坐在長長櫃檯後的她，將視線從電腦螢幕移開，笑容滿面地抬起頭來。

「哈囉，珍妮。」她非常迷人、非常年輕，西奧好愛她。如果可以，他明天就想把珍妮娶回家，只可惜他的年齡和她的老公有點礙事；更何況，她還懷孕了，這點讓西奧覺得很困擾，雖然他從未告訴任何人。

「這些是我媽媽說要送來的。」西奧邊說邊把文件遞給她。珍妮拿著研究了一會兒，然後說：「噢，天啊，更多的離婚官司。」

她在文件上蓋了章，寫一些字，照公家單位登錄文件的程序處理。

西奧只是盯著她瞧。

「明天的案子你會去旁聽嗎？」他終於開口。

「走得開的話，就會下去看看。你呢？」

「我會去，等不及了。」

「應該會很有趣，是吧？」

西奧稍微往前傾，然後說：「你覺得他是犯人嗎？」

珍妮也往前靠近些，四處張望，彷彿要談論什麼機密。「我敢說鐵定是他，你看呢？」

「這個嘛，我們要假定他是無罪的。」

「西奧，你在律師事務所混太久啦。我是在問你的想法，不留記錄的，好嗎？」

「我覺得他有罪。」

「我們就等著看嘍，對吧？」她對西奧笑笑，轉身去處理剩下的事。

「珍妮，那個……今天早上芬摩那個案子，我想已經結束了，是嗎？」

她神祕兮兮地看看四周，彷彿他們不該討論進行中的案件。「下午四點的時候，山佛法官宣布休庭，明天早上再繼續。」

「今天你也在法庭裡嗎？」

「我沒去，西奧，爲什麼問這些？」

「愛波·芬摩是我同學，現在她父母要離婚了，我只是很好奇。」

「了解。」她皺著眉說，看起來有些悲傷。

西奧只是盯著她瞧。

「拜啦，西奧。」

大廳盡頭的法庭上了鎖，大門口站著一位法警，他沒有配槍，身上那套褪色的制服感覺有點緊。西奧認識所有法警，而這位哥斯警佐，是其中脾氣比較壞的一位。布恩先生解釋過，法警通常是找比較年長、行動較遲緩、即將退休的警察來擔任，他們被賦予「法警」這個新頭銜，然後被分派到法庭。這裡的工作比較無聊，卻比在街頭安全。

「哈囉，西奧。」哥斯警佐面無表情地說。

「嗨，哥斯警佐。」

「你在這裡做什麼？」

「幫我爸媽跑腿送文件。」

「就只有這樣？」

「是。」

「你確定你不是在探頭探腦，看看明天的法庭是不是已經準備就緒了？」

「也是啦。」

「我就說嘛。已經很多人來過了呢，某家電視台的新聞小組剛剛才離開。明天應該會很有意思。」

「你明天上班嗎？」

「我明天當然要上班。」哥斯警佐說，他挺起胸膛，彷彿那場審判缺他不可。「安全檢查會很嚴格。」

「爲什麼啊？」西奧問，其實他知道原因。哥斯警佐覺得自己很懂法律，因爲他見識過無數的審判和聽證會（通常在半夢半醒間），他覺得自己吸收了豐富的法律知識。就像很多自以爲知道很多、實則不然的人一樣，哥斯警佐很樂意和那些知識不足的人分享他的精闢見解。

他看了看手錶，裝出很忙的樣子。「這是謀殺案，是重大案件。」他神色凝重地說。是啊，不是開玩笑的，西奧想。「咳，這種案件，會引來一些傢伙，造成安全上的顧慮。」

「像是誰呢？」西奧問。

「西奧啊，我這麼說好了，每件謀殺案都有個受害者，受害者的朋友和家人想必無法欣然接受親友被害的事實。到這邊還聽得懂嗎？」

「當然。」

「然後我們有個被告，在這個案子裡是達菲先生，他聲稱自己無罪。當然他們都那麼說，但我們就先假定是這樣好了。如果那是眞的，那麼眞正的兇手不就仍然逍遙法外？他可能會對審判感到好奇。」哥斯警佐疑神疑鬼地環顧四周，彷彿眞正的兇手就在附近，聽到這些可能會不高興。

西奧差點脫口問他：爲什麼眞正的兇手現身會造成安全上的顧慮？如果他眞的出現在法庭上，他會做什麼？在法庭裡再度行兇嗎？在光天化日下？在眾目睽睽之下？

「我懂了。」西奧說：「那你們最好小心點。」

「我們會掌控全局。」

「明天早上見。」

「你會到這裡來？」

「當然嘍。」

哥斯警佐搖搖頭。「不可能的，西奧。明天這裡會塞滿人，你找不到位子坐。」

「喔，今天早上我跟甘崔法官談過，他答應要幫我保留很棒的位子。」西奧快步離去。

留下哥斯警佐，不知道該如何回應。

艾克是西奧的伯父，伍茲．布恩的哥哥。西奧出生之前，艾克和西奧的父母共同創立了布恩&布恩律師事務所。他曾是鎮上僅有的幾位稅務律師之一。根據西奧所蒐集的那些少得可憐的情報顯示，這三位律師的關係良好，工作成效也高，一直到艾克做錯了一件事，而且大錯特錯，嚴重到讓他丟了律師執照。西奧幾次試著問他爸媽艾克究竟做了什麼，但他們就是不願意透露細節。他們表示不想談論那件事，或者說要等西奧長大點再告訴他。

艾克現在仍然從事稅務的工作，但種類少得多。他不是律師，也不是會計師，但既然得工作糊口，所以他幫一些上班族和小型企業準備報稅資料。他的辦公室位於市中心，在一棟老舊建築的二樓。有一對希臘夫婦在一樓經營熟食店，艾克也幫他們報稅，一週五天的免費午餐算是他的部分酬勞。

律師資格被取消後，艾克的妻子就跟他離婚了。他很寂寞，而且通常情緒不太好，西奧每週一下午跟他見面時，並不總是愉快的。但對西奧的父母而言，艾克是家人，這點很重要，雖然他們自己幾乎不和艾克碰面。

「哈囉，西奧。」艾克大聲招呼著，西奧推門走進這個狹長擁擠的房間。

「哈囉，艾克。」雖然艾克年紀比他爸爸還大，卻堅持要西奧叫他的名字。就像艾莎一樣，這是保持年輕的方法之一。他穿著褪色牛仔褲、拖鞋和廣告啤酒的T恤，左手腕上還戴著好幾條珠珠手鍊。他有一頭灰色長髮，蓬亂地紮成一個馬尾。

艾克坐在辦公桌後面，大大的桌面堆滿資料。音響小聲播放著搖滾樂團「死之華」的樂曲，牆面上掛滿了廉價的奇特藝術品。

布恩太太說，艾克惹上麻煩之前，是個最典型的稅務人員，總是穿著深色西裝，每顆釦子都會記得扣上。現在他幻想自己是老嬉皮，什麼都看不順眼，是個如假包換的叛逆份子。

「我最愛的姪子好不好啊？」他問道，西奧正要坐到對面的椅子上。

「很好啊。」西奧是他唯一的姪子。「你今天過得好嗎？」

艾克對著桌上丟得到處都是的殘骸揮揮手說：「老樣子，就是幫那些窮人解決他們的金錢問題。布恩&布恩那邊還好嗎？」

「也一樣。」雖然只隔著兩個街區，艾克很少見到西奧的父母。他們三人還算友好，但過去的事情實在太複雜了。

「學校還好嗎？」

「還好。」

「每科都得A嗎？」

「嗯，化學可能是A減。」

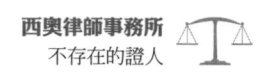

「我以爲你可以全都拿A的。」

你，和所有人都是這麼期待的，西奧想。他不太明白艾克爲什麼覺得自己可以對西奧的成績發表意見，他猜大概所有叔叔伯伯都是這樣吧。他爸媽說，艾克聰明絕頂，只花三年就完成了大學學業。

「你媽媽好嗎？」

「她很好，還是很努力工作。」艾克從來不問他爸爸好不好。

「我想你一定對明天的開庭興奮得不得了吧。」

「對啊，我們公民老師要帶全班去法院做校外教學，我們一整天都會待在那裡。你會去嗎？」西奧問，雖然他早就知道答案了。

艾克嗤之以鼻。「我才不去。我才不會沒事跑去法庭，況且我有那麼多工作要做。」好個典型的布恩家人。

「我等不及了。」西奧說。

「所以你還是想當律師，當個了不起的辯護律師？」

「那有什麼不好嗎？」

「喔，沒有吧，我想。」他們每個星期都會談到這個。艾克希望西奧當個建築師或藝術家，是那種需要創意的工作。「大多數孩子都夢想當警察或消防隊員，或是什麼偉大的運動員還是演員的，從來沒見過像你這麼沉迷於律師夢的小孩。」

「每個人都有自己想做的事呀。」

「大概是吧。這次的辯護律師，那個克利弗．南斯，他很厲害。你看過他上法庭嗎？」

「在這麼大的案子裡沒看過。我看過他在法庭裡爭論議案之類的事，不是在審判中。」

「我跟克利弗很熟，在某段時間，很多年前。我賭他會打贏。」

「你眞的那麼想？」

「當然。據我所知，這個案子對檢方很不利。」儘管艾克總是獨來獨往，他就是有本事聽到一堆法庭傳聞。西奧的爸爸猜測，他可能是因爲每週參加撲克牌聚會，從那一票退休律師嘴裡聽來的。

「沒有證據指出達菲先生殺了他太太。」艾克說：「檢方或許能提出強烈的行兇動機，顯示他嫌疑重大，但除此之外，就沒別的了。」

「動機是什麼？」西奧問，即便他覺得自己知道答案。他想知道艾克究竟知道多少，或是願意透露多少。

「錢啊，爲了一百萬美金。兩年前，達菲先生幫太太買了一百萬美金的人壽保險。如果達菲太太死了，他就能獲得一百萬元保險金。他的生意做得不太好，需要資金。所以有人說，達菲先生其實是自導自演。」

「他掐死自己的太太？」西奧早已詳讀報紙上的每篇報導，所以知道致死原因。

「理論上是這樣。她是被勒斃的。檢方會指控達菲先生掐死他太太，然後翻箱倒櫃，拿走她的珠寶，讓一切看起來像是她撞見闖空門的小偷。」

「南斯先生會怎麼證明這些呢？」

「他不需要證明什麼，他只要強調沒有證據也沒有證物顯示達菲先生本人在案發現場。據我所知，沒有目擊證人可以證明他在那裡。這個案子對檢方實在是困難重重。」

「你認爲他有罪嗎？」

艾克讓指關節發出至少八次響聲，然後雙手交扣在後腦勺。他想了一會兒，然後說：「可能有。我猜達菲先生縝密計畫了這整件事，事情也正如他所希望的方向發展。那些人就是會做些怪事。」

「那些人」指的是威佛利溪那一區的有錢人家，他們圍繞著二十七洞的高爾夫球場而居，還有社區大門保護。那些人是新來的，相對於住得比較久的鎮上居民而言。鎮上的人總覺得自己才是正統的、眞正的斯托騰堡人。「他們住在溪區」這個說法時有所聞，通常用來形容對社區吝於付出又貪財的人。西奧覺得這種區分方式沒什麼道理，他自己就有朋友住在溪區，他爸媽也有從溪區來的客戶；溪區只不過是在斯托騰堡東邊三公里左右的地方，卻老是被當作另一個星球看待。

布恩太太說，小鎮就是這樣，人們花太多時間崇拜或貶低他人。她從小就跟西奧說，隨便批評別人有多麼要不得。

他們的話題轉移到棒球，當然，又是洋基隊。艾克是狂熱的洋基隊球迷，滔滔不絕地引用與他熱愛選手相關的統計數據，是他人生一大樂事。雖然現在才四月，他已經預測下一屆世界大賽他們會獲勝。一如往常，西奧爲自己支持的隊伍辯護，不過身爲雙城隊的球迷，他能說的很有限。

半小時後，西奧要離開了，他答應下週會再來。

「化學的成績要再加把勁！」艾克很嚴肅地說。

第5章

亨利・甘崔法官拉了拉黑色長袍右邊的袖子，調整到適當的位置，然後穿越法官席後方厚實的橡樹門。一位法警突然高呼：「全體起立！」

包括旁聽民眾、陪審團、律師、書記官，還有每一個參與審判的人，所有人在一陣混亂中慌慌張張起身。就在甘崔法官準備坐上王位般的座椅時，法警急忙維持秩序，拉開嗓門喊著：「肅靜、肅靜！第十區的刑事法庭即將開庭，由令人崇敬的亨利・甘崔法官主持。請相關人士出席。願上帝保佑我們。」

「請各位入座。」甘崔法官用麥克風大聲宣布。大家就像之前砰的一聲突然站起來般，整齊劃一地同時坐下。椅子一陣吱嘎響，長凳也發出喀啦聲，所有皮包和公事包重新擺放好。兩百多人同時呼了一口氣，然後一切都安靜下來。

甘崔法官迅速環視一下法庭，正如預期，座位全滿。「嗯，顯然有很多人關心今天的案子，」他說：「謝謝大家出席。」他掃視樓上包廂的座位，和西奧對看一眼，然後對他們班的同學們微微笑。男孩們全都並肩坐著，動也不敢動。

「本案是由檢方指控達菲先生。檢察官準備好了嗎？」

檢察官傑克．荷根起身宣布：「是，庭上，我們準備好了。」

「辯方準備好了嗎？」

克利弗．南斯也起身，沉著臉回答：「我們準備好了，庭上。」

甘崔法官轉向右側的陪審團說：「好的，陪審團的各位先生女士，你們是在上週選定的人選。離開法庭時，我要特別提醒各位不可以和任何人談論這個案子。我在此提出警告，若有任何人接近各位試圖討論本案，你們有義務通知我。我現在要請問各位是否已發生過類似情形？有任何人針對本案與你們接觸嗎？」

陪審團全體搖頭，表示沒有。

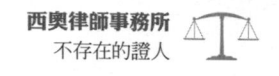

「很好，我們已經處理過所有的審前程序，可以準備開始了。這個階段，訴訟兩造❻都有機會直接對各位說明，完成我們所謂的開庭陳述。開庭陳述並不是證明，也不是證據，只是雙方對已發生事件的摘要說明。由於檢方有義務證明被告有罪，所以會由檢方開始。荷根先生，你準備好了嗎？」

「是，庭上。」

「你可以開始了。」

今天早上西奧完全沒食欲，而且前一晚幾乎無法入睡。他讀過很多運動員的故事，他們在大型比賽前一天會緊張得食不下嚥、難以成眠；因爲恐懼和壓力，選手們會一下子肚子痛，一下子想吐。現在西奧完全能感受到那股壓力。法庭裡的氣氛凝重而緊繃，雖然只是來旁聽，他的肚子也不太舒服。這就是一場大型比賽。

荷根先生是在斯托騰堡專門負責大案子的檢察官。他個子頗高，瘦而結實，頂上無毛，每天都穿著黑色西裝。大家常在背後開他黑西裝的玩笑，沒人知道他是只有一套西裝，還是有好幾打一模一樣的。平時不苟言笑的他，倒是以一聲親切的「早安」開場，接著自我介紹，也介紹了檢方另外兩位較年輕的檢察官。他成功地活絡了法庭氣氛。

接著他言歸正傳，先對陪審團介紹受害者米拉・達菲。「她被殺害時，只有四十六歲。」荷根檢察官秀出一張放大的彩色人像照，語氣嚴峻。「這位母親有兩個兒子，威爾和克拉克，都是大學生。我想請他們起立。」他指向檢察官席正後方第一排的座位，兩名年輕人侷促不安地起身，看著陪審團。

西奧從報紙上得知，這兩人的親生父親，也就是米拉的第一任丈夫，早在他們小時候就因爲遭遇一場空難過世。達菲先生是她的第二任丈夫，米拉也是達菲先生的第二任妻子。

大家總愛說「溪區那裡」有很多人再婚。

❻「兩造」是司法用語，意指訴訟的雙方，即原告與被告。

荷根檢察官接著描述本次案件。達菲太太是在那棟極具現代感的大豪宅中被發現的，就在客廳裡。達菲先生與太太共同擁有那棟屋子，那是屋齡僅三年的新建築，蓋在樹林的空地上，屋後緊鄰高爾夫球場。因爲周圍是茂密的樹林，從道路上幾乎看不到這棟房子。不過威佛利溪區這帶的房子多半如此，隱私權在這裡特別受到重視。

達菲太太的遺體被發現時，前門沒上鎖，微微敞開；警鈴也處於未設定狀態。有人從達菲太太衣櫥裡拿走珠寶和達菲先生的一組古董錶，起居室裡的兩把手槍也不見了，那原本是收在電視機旁的抽屜裡。失竊的財物據估計價值三萬美元。

死因是勒斃。在取得甘崔法官許可後，荷根檢察官向前走到投影機旁，敲了一個鍵，一張巨幅照片出現在陪審團對面的螢幕上。照片裡的達菲太太躺在鋪著地毯的地上，穿戴整齊，彷彿未遭毒手似的，連高跟鞋都還在腳上。荷根檢察官解釋，達菲太太遇害那天是星期四，她和妹妹有個午餐約會。很顯然她在被攻擊、殺害之前，正準備出門。兇手行兇後，搜遍屋子，拿走財物離去。她妹妹打她的手機，兩個小時內撥了十通都沒人接，她很擔心，因此開車到威佛利溪區的達菲家，發現姊姊的屍體。就犯罪現場而言，這算是相當平和，受害者看起來像是昏倒而已。剛開始，她妹妹和警方都以爲她是死於心臟病或是其他自然因素，但有鑑於她的年齡、健康狀態與沒有使用毒品的前科，他們很快就開始起疑。

驗屍報告指出她眞正的死因。殺害達菲太太的人是從後方抓著她，牢牢壓住她的頸動脈。荷根檢察官將手指放在自己的頸動脈，就在脖子右側。「只要用力壓在正確的位置，不用十秒鐘，就會失去意識。」他說著說著，等了一會兒。大家都等著看他是否會在公開的法庭上昏倒。不過他沒昏倒，繼續說：「達菲太太昏迷後，兇手繼續施壓，愈來愈大力。六十秒後，她就回天乏術了。屍體上沒有掙扎跡象，沒有指甲碎片，沒有抓痕，什麼都沒有。爲什麼？因爲兇手是達菲太太認識的人。」

荷根檢察官戲劇性地轉身，怒視坐在克利弗．南斯和另一位辯護律師之間的達菲先生。

「她認識兇手，因爲那正是她的枕邊人。」

然後是一段漫長又沉重的停頓，法庭裡的所有人都看著達菲先生。西奧只能看到他的後腦勺，他迫不及待想看到他的臉。

荷根檢察官繼續說：「兇手之所以能靠得這麼近，是因爲達菲太太信任他。」

荷根檢察官站在投影機旁，繼續放映更多照片。藉由這些照片，他展示整個犯罪現場，有房子內部、前門、後門，以及緊接高爾夫球場的地方。他選用了一張威佛利溪區主要出入口的照片，顯示那裡有厚重的大門、警衛室和監視攝影機。他解釋說，即使再聰明的入侵者，想要避開所有安全警備的機率也是微乎其微。當然嘍，除非那位入侵者其實並非入侵，而是根本就住在那裡。

鄰居中沒有人看到什麼可疑的車輛從達菲家離開，也沒人看到陌生面孔在街上晃，或是從達菲家跑出來。社區裡沒有任何不尋常的狀況。過去六年來，威佛利溪區只發生過兩件竊盜案，犯罪案件在這個寧靜的社區裡可以說是前所未聞。

兇案發生的那天，達菲先生去打高爾夫球，這幾乎是他每週四的例行公事。根據高爾夫球場販賣部的電腦登錄記錄，他在早上十一點十分開球。他只有一個人打球。這並不稀奇，而且按照往例，他開自己的電動高爾夫球車。他跟工作人員說要打十八洞，在北九洞和南九洞，那都是最受歡迎的場區。達菲家與溪區球場的第六球道毗鄰，那裡也是個受女性歡迎的小場區。

達菲先生是個認真的高爾夫球玩家，他總是好好地登記分數，從不作弊。自己一個人打完十八洞，通常需要三個小時。那是個冷冷的陰天，而且風很大，在這種天氣下，大家多半不會想打高爾夫球。有個四人組在十點二十分開球，除了他們之外，十一點十分的時候，就沒有別人在這三個場區上了。一點四十分，又來了一隊四人組。

達菲太太的妹妹發現屍體後，就馬上報警，電話記錄是兩點十四分。驗屍結果顯示，死亡時間大約是在十一點四十五分。

在助理的協助下，荷根先生架設了一張巨幅的威佛利溪區示意圖。他先指出三個高爾夫球場、高爾夫球場販賣部、汽車通行區域、網球場和其他地點；接著他在溪區球場上指出達菲家的所在位置。根據檢方所做的演練，達菲太太遇害時，達菲先生若不是在北九洞場區的第四洞，就是在第五洞。如果駕駛類似達菲先生所開的電動車，八分鐘內，就能抵達位於第六球道的達菲家。

彼得・達菲看著示意圖緩緩搖頭，像是在說檢察官胡說八道。他現年四十九歲，臉孔黝黑陰沉，有一頭茂密的灰髮，戴著牛角邊框眼鏡，身穿褐色西裝。他這副模樣很容易被誤認爲律師。

荷根檢察官的話直指要害。達菲先生知道太太在家；他顯然能夠輕易進出自己的房子；謀殺案發生時，他正駕著高爾夫球電動車在距離只有幾分鐘遠的地方打球；選擇在球場通常沒人的時段打球，被目擊的機會微乎其微。

「他精心策劃了一切。」荷根檢察官再三強調。

一位優秀的法律人不停說著達菲先生殺了他的太太，光是這一點，就足以讓人信服這個說法。只要持續重複說著一件事，說得夠多次，大家就會開始相信那是眞的。對蒙特老師而言，所謂「無罪推定原則❼」在這年頭根本是個笑話，這種推定，本身就是一種罪過。西奧不得不承認，他很難把「無罪」和達菲先生聯想在一起，至少在剛開庭的這幾分鐘很難。

❼「無罪推定原則」是指未經審判證明被告有罪之前，應先推定被告無罪。這是現代法治國家通行的一種基本原則，也是國際公約所保障的基本人權。

爲什麼達菲先生要謀殺自己的太太？荷根檢察官對陪審團拋出這個問題，然後自問自答：「爲了錢，各位先生女士。」他很戲劇化地立刻從桌上拿起一份文件，並宣告說：「這是一張達菲先生兩年前替他亡妻米拉·達菲所買的壽險保單，價值一百萬美金。」

現場一片死寂。感覺上他的犯罪嫌疑愈來愈重了。

荷根檢察官邊翻閱保單，邊說明案情，但說服力漸漸轉弱。這個部分結束後，他把東西丟回桌上，開始漫談達菲先生事業上的困境。達菲先生是個房地產開發商，生意大起大落，太太去世的時候，他正被幾家銀行壓榨中。荷根檢察官承諾陪審團，檢方絕對能證實被告彼得·達菲已瀕臨破產。

正因如此，彼得·達菲需要錢，像是壽險賠償金。

關於動機，還有更多著墨。荷根檢察官告訴陪審團，達菲先生的婚姻關係並不圓滿，事實上有很多問題。這對夫婦至少分居過兩次，也都聘請過離婚訴訟律師，儘管他們尚未正式提出離婚。

作結論的時候，荷根檢察官站在離陪審團最近的地方，表情嚴肅地說：「這是一樁冷血殺人案，各位先生女士。策劃完美，執行縝密。沒有小疏失，沒有目擊者，也沒有留下任何證據，只有一位可人的年輕女士被殘忍地勒斃。」荷根檢察官突然閉上眼睛，敲敲自己的頭說：「哎呀，我忘了一件事。我忘了告訴各位，兩年前，達菲先生買了壽險後，他才開始一個人打高爾夫球。在那之前，他很少獨自打球，我們有證人可以證實這點。這不會只是個巧合吧？他計畫了兩年，想讓他的高爾夫球活動與妻子的行程搭配上，然後默默等待。他在等一個寒冷起風的日子，因此球場會空無一人；他在等適當的時機衝回家，將車子停在露台旁，然後快速穿越後門說：『親愛的，我回來了。』趁老婆不注意時，猛地一把抓住她，一分鐘後，她就一命嗚呼了。經過長時間的計畫，接下來該怎麼做他也想得很清楚。他拿了妻子的珠寶和自己昂貴的手錶，還拿走那兩把槍，好讓警察覺得是小偷幹的。幾秒鐘後，他再走出後門，重回高爾夫球車駕駛座，沿著球道疾駛到北九洞球場的第五洞。他拿起四號球桿，輕輕鬆鬆揮出好球，再慢慢結束又一場孤單的高爾夫球遊戲。」

荷根檢察官停了下來，全場靜默。他拿起他的記事本，回到座位。時間已經過了九十分鐘，甘崔法官敲敲法槌說：「現在休庭十分鐘。」

蒙特老師在二樓狹窄的走廊盡頭召集班上學生。男孩們很興奮地談論他們剛剛親眼所見的戲劇化過程，其中一個說：「這比電視精采多了！」

「好，」蒙特老師說：「雖然你們現在只聽了一方說法，我想知道有多少人認為他有罪？」至少有十二個人舉手，西奧也很想投贊成票，但他知道那是不成熟的行為。

「那無罪推定原則呢？」蒙特老師問。

「是他幹的。」鼓手達倫說，好幾個同學也出聲附和。

「他有罪。」游泳健將布萊恩說。

「他逃不掉的。」

「都是他精心策劃的。」

「就是他幹的。」

「好的、好的。」蒙特老師說：「等你們聽過雙方說詞之後，我們在午餐的時候再來討論一次。」

辯方的開場鏗鏘有力。克利弗．南斯等到法庭鴉雀無聲後，才走到陪審團面前。他年約六十，灰白色頭髮長過耳朵，胸膛和手臂都相當厚實，走起路來有種盛氣凌人的氣勢，彷彿暗示他從未在任何爭鬥中落敗，不論是在法庭內或法庭外。

「一點證據也沒有！」他中氣十足，聲音低沉沙啞地在牆面之間迴盪。

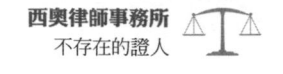

「一點證據也沒有！」他又中氣十足地強調一次，好像擔心前面那次有人沒聽到。西奧發現自己有點怕這個人。

「什麼都沒有！沒有目擊者、沒有犯罪現場的證據，只有荷根檢察官剛剛與你們分享的這個小故事，乾淨整潔又完美的小故事，卻沒有一個字是有憑據的。這純粹出於他的想像，認爲事情有『可能』是這樣。達菲先生可能想殺害他的妻子，他可能精心策劃了一切，他可能快速穿越空曠的高爾夫球場，他可能及時趕回家執行這樁史上最完美的謀殺案。接下來，他可能偷了點東西，把前門打開，再衝回第五洞繼續打球。事情可能是這樣。」

南斯律師在陪審團前踱步，慢條斯理地走著，像是在為他所說的話打拍子。

「荷根檢察官是在邀請各位一同來玩這場『可能』遊戲。可能發生了這件事，可能發生了那件事，他希望各位能共同參與，因為他的手上毫無證據。什麼都沒有，只有一個獨自打高爾夫球的男人，好端端地做著自己的事，而他老婆恰好就在不到一、兩公里外的溫暖家中被殺害了。」

他停止踱步，朝陪審團方向走近，挑了第一排的一位老先生，表現出一副親暱的模樣。他降低音量說：「荷根檢察官大玩特玩可能的遊戲，我並不怪他。他別無選擇，因為他沒有證據，除了豐富的想像力，他什麼都沒有。」

南斯律師往右側挪步，雙眼盯著一位中年家庭主婦說：「我們的憲法、法律、程序原則，全都架構在公平的概念上。這代表了什麼呢？表示我們絕不會留下任何空間，給那一堆『可能』。我們的法律很清楚明白，甘崔法官稍後會加以說明，當他說明時，請注意，各位絕不會聽見他說『可能』這兩個字。你所聽見的，會是眾所皆知、歷史悠久的傳統美國法律原則；也就是當政府控告人民犯罪時，必須將所有相關資源帶上法庭，包括調查人員、警方、專家、檢察官、犯罪現場分析師等，集合這些聰明又有經驗的專業人士來證明該案毫無存疑，你是眞的有罪。」

南斯律師向左挪移，以既誠懇又充滿說服力的眼神，看著第二排的六位陪審團員。他不用任何小抄，說話流利順暢，幾乎不費吹灰之力，彷彿已演練過一百遍卻從未喪失熱情。

「毫無存疑，毫無存疑。本案檢方有沉重的舉證責任，但那卻是個不可能的任務。」

他稍停片刻，讓大家可以喘口氣，然後他走向辯方席，拿起記事本，卻沒有翻看。此刻他是站在舞台中心的演員，台詞早就背得滾瓜爛熟。清了清喉嚨後，他以高分貝的音量繼續說：「好，我國的法律說，達菲先生不需要提出證明，也不需要找目擊證人替自己辯護，他不需要證明任何事。這又是爲什麼呢？其實很簡單，因爲他受我們最珍貴的法律原則所保護，那就是『無罪推定原則』。」南斯律師轉身指著他的客戶，「坐在這裡的達菲先生是清白的，就像你我一樣。」

他又開始踱步，慢條斯理，視線從未離開陪審團員的眼睛。「然而，達菲先生會出庭作證，他想作證，等不及要作證。等他坐到這裡來，證人席這邊，他會在上帝的見證下作證，告訴各位實情。各位先生女士，眞實的情況和荷根檢察官創造的那則小故事，差距甚遠。眞實的情況是，各位先生女士，彼得．達菲的確是在攸關命運的那一天打了高爾夫球，他是一個人沒錯，他喜歡一個人打球。電腦記錄顯示，他在十一點十分開球，然後開著自己的高爾夫球車從第一洞離開。他平時把這輛車停在車庫裡，他的鄰居們大部分也都這麼做。當時他一個人在球場上，而他太太則在家中，準備出門赴午餐約會。有一名竊賊悄悄地潛入這戶人家，誤以為屋主都不在，而這個不知名的罪犯目前仍逍遙法外，按照我們進行的速度，大概會一直如此。當時警鈴尚未開啓，前門沒鎖，後門也是。在這個社區裡，即使是現在，這都是很平常的事。竊賊意外地撞見了米拉．達菲，他身上沒帶武器，所以用手攻擊受害者，就在那個當下，他變成了另一種人，變成了殺人犯。」

南斯律師停了下來，走到辯方席，拿起桌上的水杯咕嚕咕嚕喝了好久。每個人都盯著他看，因為也沒有別的東西好看。

「到現在他還逍遙法外！」他突然說，幾近大吼。「也或許，他現在就在這裡。」他邊說邊揮動雙臂，指著整個法庭。「既然我們在玩這場可能遊戲，那麼他有可能就在這裡看著審判進行。為什麼不呢？他顯然很安全，在荷根檢察官那幫人的眼中。」

西奧觀察到好幾位陪審團員朝旁聽席這邊看了一眼。

南斯律師話鋒一轉，開始談壽險那件事。他強調達菲先生的確為他太太買了一份壽險，倘若不幸發生時，他自己便成為一百萬美元的受益人；但是相對的，他也為自己買了一份一樣的壽險，指定達菲太太為受益人。他們只是做了一般夫妻都會做的事，買了雙方的壽險。南斯律師告訴陪審團，他能夠證實達菲先生的事業，一點都不像荷根檢察官宣稱的那樣危機重重。他承認達菲先生的婚姻亮起紅燈，他們曾分居不只一次，但他們從未提出離婚申請。

事實上，這對夫婦有決心要努力解決問題。

蒙特老師坐在二樓包廂的第二排，在學生的後方。他選的這個位子，能讓他在必要時觀察到十六個學生全員的反應。到目前爲止，開庭陳述讓他們看得目不轉睛。一點也不讓人意外的是，西奧比其他同學更專注，因爲這是他心所嚮往的地方。

南斯律師說完後，甘崔法官宣布提早休庭，讓大家先用午餐。

第6章

西奧公民課班上的同學們穿過主街向西走，朝河的方向前進。蒙特老師放慢了腳步，興味十足地聽著這些男孩反覆爭論，其中幾個人還用上了剛剛從眞正的律師嘴裡聽來的句子和詞彙。

「往這邊走。」他說，大家隨即向左大轉彎，走進一條狹窄的小巷子。他們形成一路縱隊進入老爹快餐店。這裡最有名的就是燻牛肉潛艇堡和炸洋蔥圈。離十二點還有十分鐘，他們比中午用餐人潮搶先一步抵達店內。很快點了餐以後，他們全部擠到前面窗戶附近的一張長桌邊坐下。

「檢察官或律師，他們哪一位的表現比較好？」蒙特老師問。

至少有十個人同時回答。有一半的人認爲是傑克・荷根，另一半則說是克利弗・南斯。蒙特老師進一步追問：「你相信哪個人的話？你信任誰？陪審團會接受哪一種說法？」

食物上桌了，這個話題嘎然而止。

「舉手表示意見，」蒙特老師說：「而且一定要投票，我不接受騎牆派。認爲達菲先生有罪的，請舉手。」

他數了數，有十個人舉手。「好，認爲無罪的呢？」有五個人舉手。「西奧，我說過了，每個人都要投票。」

「對不起，但我就是沒辦法。我認爲他有罪，但我看不出檢方要如何證明這一點，他們頂多能證明行兇動機，可能只有這樣吧。」

「可能遊戲，是嗎？」蒙特老師說：「我認爲那招挺管用的。」

「我贊成西奧的說法。」艾倫說：「他看起來的確有罪，可是檢察官根本無法證明他當時在犯罪現場。這是個問題，不是嗎？」

「我看是個大問題。」蒙特老師回答。

「那些被偷走的珠寶、手錶和手槍呢？」愛德華問：「他們找到贓物了嗎？從頭到尾都沒提到這些。」

「不知道。不過開庭陳述能說的本來就很有限。」

「對我來說已經很長了。」

「等證人出庭的時候，應該就會知道了。」西奧補充。

「第一個目擊證人是誰？」雀斯問。

「我沒看過證人名單，」蒙特老師說：「不過他們通常都從犯罪現場開始，有可能會是一名警察。」

「太酷了。」

「老師，我們今天能待到多晚？」

「我們得在三點半前趕回學校。」

「這場審判會進行到多晚？」

「甘崔法官對工作很投入。」西奧說：「至少會到五點。」

「老師，我們明天可以再來看嗎？」

「恐怕不行喔。這次校外教學只有一天，別忘了你們還有別的課要上，雖然那些課沒有我的課有趣。不過那只是我個人意見啦。」

老爹快餐店突然塞滿了人，門口還排著一條長長的隊伍。蒙特老師要同學們快點吃一吃，店主人老爹可是出了名地會對佔住座位的客人大吼大叫，尤其是他們吃飽了還一直不走的時候。

他們沿著主街漫步，此時街上到處都是趁午休時間出來走動的人。噴泉旁坐著好幾個上班族，他們沐浴在陽光下，邊吃東西邊聊天。皮克警官是最資深的交通警察，他正忙碌地用磨損的哨子和黃手套指揮交通，努力避免事故發生，雖然難免還是有些小意外。就在前方，一群身穿深色西裝的男人走出一棟大樓，跟同學們朝相同方向前進。蒙特老師的悄悄話說得很大聲：「看，男士們，那是達菲先生和他的律師群。」

男孩們放慢腳步，目送穿著深色西裝的這群人先他們而去。他們是彼得．達菲、克利弗．南斯與兩位臉色陰沉的律師，而第五個人，雖然那天早上西奧並沒有在法庭見到他，卻是個再熟悉不過的面孔。那是歐馬．奇普，儘管他不是律師，在法律圈卻赫赫有名。奇普先生原本是聯邦政府的某種特務，現在他自己經營一家公司，專作調查、監視，以及律師偶爾需要的活動。這個人曾涉入某件離婚官司而和布恩太太有過不愉快，西奧聽到他被稱為「武裝惡棍」、「享受打破法律規定的傢伙」。當然嘍，這些不是西奧應該聽到的，但他在事務所裡還是常常聽到這些評論。事實上，他從未和這位奇普先生正式打過照面，只不過在法庭上看過他。有謠言說，奇普先生為誰做事，就表示那個人有罪。

歐馬．奇普雙眼直視著西奧。他是個身材魁梧的大個子，渾圓的頭定期修剪成平頭。他試著讓自己看起來充滿威脅感，也成功地達到了目的。

最後他轉過身，匆匆趕到達菲先生身後。

他們沿著主街直走，男孩們則三三兩兩走著，盡量加快腳步，好跟上被告這一群人。歐馬．奇普巨大的身軀擋在彼得．達菲後方，彷彿怕有人從背後來一槍似的。克利弗．南斯說了一個好玩的故事，那票人聽了笑得東倒西歪。

彼得．達菲笑得最大聲。有罪。西奧極不願意接受這個想法，因為到目前為止，沒有人能出來作證；再加上他希望能說服自己相信無罪推定原則。

有罪，西奧再次對自己說。爲什麼自己無法服從法律，假定達菲先生無罪呢？爲什麼他做不到一名好律師應該做的呢？當他走在達菲先生和他的律師身後，這些疑惑都讓他覺得非常挫折。

這件案子少了些什麼，而根據開庭時大家所說的一切，西奧覺得這宗懸案似乎永遠無法獲得解決。

他們排成一列走到二樓包廂左側前排坐下，帶著沒吃完的午餐。甘崔法官宣布休庭到下午一點，距現在還有十五分鐘。哥斯警佐，就是那位年長的法警，俯身說：「西奧。」

「是。」

「這就是你們班嗎？」

不然會是什麼呢，哥斯警佐？一位老師，加上十六個學生。「是的，這是我們班。」

「甘崔法官想見你，在他議事室。快點，他是個大忙人。」

西奧指指自己，想試著說些什麼。

「全班都去。」哥斯警佐說：「動作快！」

他們慌忙排成隊伍，跟在哥斯警佐後方，鬧哄哄地下了樓梯。

議事室是指法官席背後的法官辦公室，和法庭相連。這間辦公室和大廳盡頭那間正式辦公室不同。這有點讓人難以理解，正當西奧試著解釋當中的差異時，哥斯警佐打開一扇門，一個鋪著木頭地板的長形房間出現了，牆上掛滿蓄著鬍子的老法官們的古老肖像。此時已經脫下黑色長袍的甘崔法官從辦公桌後起身，走向這群男孩。

「哈囉，西奧。」甘崔法官說，西奧覺得有點不好意思。其他學生則因爲太過震驚而說不出話來。

「您想必是蒙特老師。」法官邊說邊和老師握手。

「是的，法官。這些是我八年級公民課的學生。」

因爲沒有足夠的位子讓所有人坐下，甘崔法官索性就讓他們站著，並說：「謝謝你們來旁聽。讓學生們了解司法系統如何運作是很重要的。到目前爲止，你們覺得如何？」

十六個學生都啞口無言。他們該說什麼呢？

接著是蒙特老師救了他們。「他們看得目瞪口呆。」他說：「我們剛剛邊吃午餐邊詳細討論案情、幫律師評等、談論陪審團員，還分享了關於有罪與無罪的看法。」

「那我就不細問了，不過我們有幾個很不錯的律師，不是嗎？」

十六個學生都點頭。

「西奧．布恩眞的會提供你們法律諮詢嗎？」

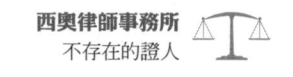

傳出了一、兩聲緊張的笑聲。西奧既害羞又驕傲地說：「是，但我不收費。」這個回答引來更多笑聲。

「關於這場審判，你們有什麼疑問嗎？」甘崔法官問。

「是，法官先生。」布蘭登說：「電視劇中總是會不知道從哪裡冒出一個祕密證人，讓情勢大逆轉。這次有可能出現祕密證人嗎？如果沒有的話，這個案子看起來對檢方很不利。」

「好問題，孩子。答案是否定的。我們的程序規定，禁止任何祕密證人出席。電視劇都搞錯了，現實生活中，在審判開始前，雙方都必須提出可能的證人名單。」

「第一個證人是誰？」賈伐斯問。

「受害者的妹妹，她是第一個發現屍體的人，刑事組的警官會跟在旁邊。你們今天能夠待多久？」

「我們得在三點半前回到學校。」蒙特老師說。

「好，那我三點會宣布休庭，你們就可以慢慢離開。樓上的座位還好嗎？」

「很好，謝謝法官。」

「我已經幫你們把位子換到樓下，現在有些情況已經排除了。再次謝謝各位對我們的司法系統抱持濃厚興趣。這對一個好政府而言，相當重要。」甘崔法官爲這次的會面劃下句點，接著學生們對法官表示感謝，蒙特老師和法官握手告別。

哥斯警佐引導他們離開議事室，回到法庭，沿著大走道，直直走到檢察官席後方的第二排座位。坐在他們前方的，就是檢方所介紹過的達菲太太的兒子。被告律師與他們距離咫尺之遠，就在走道另一邊。他們還可以看到歐馬．奇普坐在彼得．達菲後方，他的黑眼珠在法庭裡不停掃視，一副可能需要槍擊某人的模樣。又一次，他雙眼直視西奧。

可以從廉價席換到場邊席，這幾乎讓學生們難以置信。瘋狂科學家雀斯坐在西奧右邊，他用手肘碰碰西奧，悄悄問：「西奧，這是你談條件換來的嗎？」

「才不是，不過甘崔法官和我的關係很好。」

「做得好。」

一點整，靠近法官席的法警起身大聲宣布：「審判開始，請各位就座。」甘崔法官穿著黑袍入座。他看著傑克．荷根說：「現在檢方可以傳喚第一位證人。」

從一扇邊門裡，法警護送著一位穿著得體的女士進入法庭，走上證人席。她把手放在聖經上，發誓所言一切屬實。等她坐定、調整好麥克風之後，荷根檢察官開始質詢。

她的名字是艾蜜莉．葛林，是米拉．達菲的妹妹。她現年四十四歲，住在斯托騰堡，職業是健身顧問。案發當天，她所做的就像荷根檢察官在開庭陳述裡所描述的一樣。當姊姊沒有依約出現也沒打來任何電話之後，她開始擔心，接著六神無主。她打了好多次電話給姊姊，然後很快地前往威佛利溪區。到了達菲家，她竟然看到姊姊陳屍在客廳的地毯上。

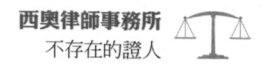

很明顯的，至少對西奧來說很明顯，荷根檢察官和葛林女士已經仔細排練過證詞。重點在於要強調她姊姊的死，並激發別人的同情心。他們質詢結束後，克利弗·南斯起身表示不需要進行交互詰問，於是葛林女士離開了證人席。她選了第一排的座位，坐在兩個外甥旁邊，就在蒙特老師他們班的正前方。

下一位證人是刑事組的克隆警探。藉由大螢幕和投影機，他和荷根檢察官重現了鄰近地區、達菲家，以及犯罪現場。他們指出許多重要事實，像是達菲家前門敞開，後門和通往露台的側門都沒上鎖，警報系統也沒開啓，雖然這些陪審團都知道了。

有些新的事實浮出檯面。透過指紋檢測，在屋子裡發現了達菲先生、達菲太太以及管家的指紋，不過這些都是意料中的事。不論是門把、窗戶、電話、抽屜、珠寶盒，或是達菲先生用來收藏昂貴古董錶的桃花心木盒子上，都沒有發現其他指紋。這意味著兩件事：第一、這名竊賊及殺人犯戴手套行兇，或者他已仔細將所有指紋擦拭乾淨；第二、這名竊賊及殺人犯就是達菲先生，或是他的管家。不過案發當天，他們管家沒上班，她和丈夫出城去了。

而那個拿走珠寶、槍和手錶的人，也強行打開了其他好幾個櫃子和抽屜，把東西丟得滿地都是。聽克隆警探說話很沉悶，他死板板地帶著大家觀看一張又一張照片，觀看這名竊賊及殺人犯留下的一片凌亂。

此刻，這場審判第一次讓人覺得有點無聊。蒙特老師發現，有幾個學生開始侷促不安，有幾位陪審團員看起來昏昏欲睡。

下午三點整，甘崔法官敲下法槌，宣布休庭十五分鐘。法庭很快就淨空了，大家都很需要休息一下。西奧和同學們離開法庭，搭上小型黃色巴士。十分鐘後，他們回到學校，剛好趕上放學。

離開三十分鐘後，西奧再度現身法庭。他飛奔上三樓，卻沒發現任何「芬摩家庭大戰」的跡象。大廳裡沒有律師，也沒有愛波的身影。她昨天晚上沒有回電，也沒有回電子郵件，Facebook上也都沒消沒息。愛波的父母不准她用手機，所以她沒辦法傳簡訊，不過這也還算正常，大約有一半的八年級生沒有自己的手機。

西奧跑回二樓，在哥斯警佐狐疑的注視下走進法庭。他在辯方席後方第三排找到位子，被告達菲先生就坐在前面不到六公尺的地方，西奧可以聽到他的律師群低聲討論要事。歐馬·奇普還在那裡，西奧坐下時，馬上引起他的注意。身為經驗豐富的觀察者，歐馬有能力察覺一切變化，不過他的態度很自然，彷彿一點都不在意。

現在在證人席上的是一位醫生，他也是這次負責解剖遺體的驗屍官。他正為大家展示一張人體上半身的彩圖，特別著重頸部。真正吸引西奧目光的不是證人席上的醫生，而是台下的克利弗·南斯。他觀察到克利弗·南斯專注聽著證詞、做筆記，還時時關注陪審團的反應。法庭裡的一切都逃不過他的法眼。他看來輕鬆自信，然而在必要時，隨時準備攻擊。

他對醫生的交互詰問很快就結束了，並未帶出新的發現。到目前爲止，南斯律師似乎都同意檢方證人的說法，戰火尚未點燃。

甘崔法官在五點過後宣布本案後續再審。在陪審團離去之前，他再度警告他們絕對不能和任何人討論案情。陪審團員魚貫而出之後，法庭變得空空蕩蕩。西奧趁機四處晃晃，他看著律師們一邊收拾資料和書籍到厚重的公事包裡，一邊壓低聲音說話。走道兩邊也有了交流，傑克．荷根對克利弗．南斯說了些什麼，然後兩個人都笑了，接下來，一位比較年輕的律師加入談話，還有人問說：「去喝杯酒吧？」

前一秒還是敵人，後一秒就變回老戰友，西奧以前就看過這種景象。他媽媽試著解釋給他聽，律師們是領錢做事，他們得把個人感情放到一旁。她說眞正的專業人士，絕不會失去冷靜，或是心懷怨恨。

艾克說那都是胡扯。他鄙視鎮上大部分的律師。

歐馬．奇普面無表情，而且也沒被邀請一起去和敵方喝酒。他和彼得．達菲迅速從側門離去。

第7章

星期二晚上，是要去「湯廚房❽」的日子。這並不是一週裡最糟的伙食，最糟的應該是星期日晚上他媽媽想要烤一隻雞的時候。不過這裡的食物，味道也不怎麼樣。

湯廚房只是個名字，其實那並不是一間廚房，也很少供應湯。它是個很大的餐廳，位於教堂改建的地下室，無家可歸的人聚集在這裡用餐，共度一個夜晚。這裡的食物是由義工準備的，通常是三明治、洋芋片、水果和餅乾。

「包裝袋裡的東西。」西奧的媽媽都這麼說，那一點都不健康。

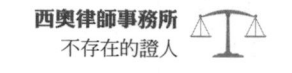

西奧聽說斯托騰堡大約有三百名無家可歸的人。他看到他們在主街上乞討，睡在路邊的長椅上，也看到他們在大型垃圾車裡翻找食物。市政府對遊民人數與庇護所欠缺床位的問題開始有所警覺，市議會似乎每週都在討論這件事。

布恩太太也有所警覺。她一直很關心那些無家可歸的母親，所以開始推動一個計畫，希望能幫助家庭暴力的受害者，包括被毆打或遭受威脅的婦女、居無定所且無依無靠的婦女，還有那些帶著孩子極需幫助卻求助無門的婦女。布恩太太和鎮上幾個女律師開設了一間小小的法律顧問中心，希望藉此對這些婦女伸出援手。

所以每週二晚上，布恩一家人就會從事務所出發，徒步走過好幾個街區，抵達高地街庇護所，然後花上三小時與那些比較不幸的朋友相處。他們輪流準備晚餐給上千名聚集在這裡的街友，然後自己再很快吃點東西。

雖然西奧不應該知道這件事，但他聽到他父母在討論該不該將那筆給庇護所的捐款，從兩百美元提高到三百美元。他的父母一點也不富裕。西奧的朋友們老是覺得他家很有錢，因爲他爸媽都是律師，但事實上，他們工作的獲利並不高。他們過著樸實的生活，爲西奧未來的學費省吃儉用，不過他們對那些生活辛苦的人倒是很慷慨。

晚餐過後，布恩先生在餐廳的另一頭設立臨時辦公室。他幫大家解決各種問題，比如被趕出公寓、遭拒發食品券或求診被拒等等。他常常說這些人是他最喜歡的客戶，他們付不出錢，所以就免除了跟他們收費的壓力；不論他爲他們做了什麼，這些客戶總是很感激。此外，他眞的很喜歡和這些人聊天。

由於工作性質敏感，所以布恩太太在樓上的小房間裡與她的客戶碰面。第一位客戶帶著兩個孩子，她沒錢、沒工作，如果沒有庇護所，她晚上也沒有地方可以睡覺。

---

❽湯廚房（soup kitchen）指的是食物救濟站，是專門發放熱食給窮人的公益場所，也可稱為流動廚房。

西奧的工作是協助別人做功課。庇護所裡有好幾個家庭，他們最久可以在這裡住上十二個月，那是高地街這裡的極限。一年過後，他們就得搬走。多數人會找到工作和住的地方，但這些都需要時間。住在庇護所時，他們會被當成是斯托騰堡的居民一般，有得吃、有得穿，生病了也能接受治療。他們如果不是已經有了工作，就是正在找工作。他們也會受邀到教堂做禮拜。

而他們的孩子會到當地學校上課。到了晚上，庇護所裡有家庭作業時間，由教會的志工負責。西奧的工作就是每星期二教兩個二年級的小朋友艾克特和芮塔英文，還有教他們的哥哥代數。他們是從薩爾瓦多來的，父親不明原因消失了，從此他們流落街頭，後來是警方發現這三個孩子和母親住在一座橋下。

一如往常，艾克特和芮塔看到西奧就興奮得不得了，緊緊抓住他，也不管他是不是正在將三明治塞到嘴裡。然後他們以小碎步跑到大廳盡頭，進入一個大房間，所有孩子都在那裡接受課後輔導。

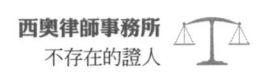

「不能說西班牙文。」他不斷重複，「只能說英文。」

他們學習英文的速度驚人，天天在學校學習，然後回家再教媽媽。他們找了張角落的桌子，西奧開始讀一本圖畫書，內容是關於一隻在大海裡迷路的青蛙。

布恩太太堅持讓西奧從小學四年級開始學西班牙文，只要學校開課就去上。後來她覺得學校的課程太簡單，就改請一位私人家教每週來事務所兩次，密集爲西奧上西班牙文。媽媽給的壓力再加上莫妮卡老師每天的激勵，讓西奧學得很快。

他唸完一頁，芮塔跟著重複一次，接著換艾克特。西奧糾正他們的錯誤，然後繼續讀。這個房間很吵，甚至滿混亂的，因爲裡面大約有二十四個年紀各異的學生正在跟他們的功課搏鬥。

這對雙胞胎有個七年級的哥哥叫胡立歐，西奧偶爾會在學校遊戲場上看到他。他非常害羞，幾乎到了一種笨拙的程度。布恩太太猜測，這可憐的孩子可能是因爲在異國失去父親，變得無依無靠，所以受到很大的創傷。

每當有人舉止怪異的時候，布恩太太總是能提出一套理論來解釋。

西奧和艾克特、芮塔讀完第二本書後，胡立歐也走過來他們這裡，默默坐在桌邊。

「你好嗎？」西奧問。

胡立歐微微笑了一下，然後望向別處。

「我們來唸另一本書。」艾克特說。

「等一下喔。」

「我代數有點不懂。」胡立歐說：「你可以幫我嗎？」

「他現在和我們一起。」芮塔對她哥哥說，一副準備吵架的模樣。

西奧從書架上拿了兩本書，放在艾克特和芮塔面前，然後找了兩塊寫字板和兩枝鉛筆，對他們說：「你們先讀這些書，邊讀邊唸出聲來，如果碰到不會唸的字，就把它寫在板子上。這樣好嗎？」

他們用力打開書，彷彿那是場比賽似的。

西奧和胡立歐很快就進入他們的初級代數世界。

晚上十點整，布恩一家人已經回到家裡的電視機前。法官在沙發上睡覺，頭枕在西奧腿上。達菲謀殺案是斯托騰堡今天唯一的新聞，兩家電視台報導的全是這件事。有彼得．達菲走入法院的畫面，身旁邊圍繞著穿深色西裝、臉色陰沉的律師群和律師助理們；另外一個畫面是從空中拍攝的，可以看到位於威佛利溪區第六球道的達菲家。法院外的記者連珠炮般地報導今天的證詞內容。因爲甘崔法官下封口令，任何律師、警方或證人都不能談論他們的想法和意見。

甘崔法官還下令禁止攝影機進入法庭，所有媒體都被關在門外。

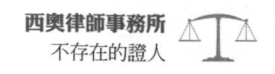

西奧滿嘴都是今天的審判。他父母也認同他認爲彼得．達菲涉嫌重大的看法，然而想證明這點，看起來困難重重。

到了廣告時間，西奧開始咳嗽。當他發現爸媽沒注意到，他又再多咳幾聲，然後說：「我的喉嚨痛起來了。」

「你的臉色有點蒼白。」他爸爸說：「你一定生病了。」

「我很不舒服。」

「你的眼睛發紅嗎？」他爸爸問。

「嗯，我想是。」

「有頭痛嗎？」

「有，不過還不算太嚴重。」

「打噴嚏、流鼻水？」

「嗯。」

「什麼時候開始的？」他媽媽問。

「你眞的病得很重。」他爸爸說：「我想你明天應該請一天假，才不會把可怕的病毒散布出去。不過啊，不去學校而去法院看達菲案的審判，倒是個好主意呢。媽媽你覺得呢？」

「喔，我懂了。」她說：「突發的流行感冒症狀。」

「很可能又只是個惱人的小插曲，爲時二十四小時，總是在放學時奇蹟似地痊癒了。」他爸爸說。

「我眞的不舒服啦！」假把戲雖然被拆穿了，西奧還是繼續奮力演出。

「吞一片阿斯匹靈，或是喝點咳嗽藥。」他爸爸說。伍茲．布恩很少看醫生，而且他認爲多數人都花太多錢在醫療上了。

「泰迪，你可以再咳一次看看嗎？」他媽媽問。身爲母親，看到兒子不舒服，還是比較有同情心。事實上，西奧有裝病前科，尤其碰上有比去學校更棒的選擇時。

他爸爸開始大笑。「嗯，這個咳嗽挺假的，西奧，即使以你的標準來看。」

「我可能會死掉耶。」西奧說，努力忍住笑。

「是啊，不過不是現在。」他爸爸說：「如果你明天出現在法庭，甘崔法官馬上會以蹺課的罪名逮捕你。」

「你認識什麼不錯的律師嗎？」西奧立刻回嘴。他媽媽爆出笑聲，然後過了一會兒，伍茲也明白了兒子的幽默。

「快去睡覺。」他說。

西奧步履蹣跚地上樓。他被徹底擊敗了，法官也在後頭跟著。他在床上打開筆記電腦，想看看愛波好不好。她終於回應了，西奧鬆了口氣。

愛波在巴黎：嗨，西奧。你好嗎？

布恩律師：還可以。你在哪裡？

愛波在巴黎：在家，在我房間。我把門上鎖了。

布恩律師：你媽媽呢？

愛波在巴黎：在樓下。我們在冷戰。

布恩律師：你有去上學嗎？

愛波在巴黎：沒有，審判一直進行到中午。好慶幸終於結束了。

布恩律師：在證人席上還好嗎？

愛波在巴黎：糟透了。我哭了，西奧，我忍不住。我告訴法官我不想跟爸爸或媽媽住。媽媽的律師問我很多問題，爸爸的律師也是，好可怕。

布恩律師：我很難過。

愛波在巴黎：我不懂你為什麼想當律師。

布恩律師：為了要幫助跟你一樣的人啊，這就是原因。好律師都會這麼做的。你喜歡那位法官嗎？

愛波在巴黎：我誰都不喜歡。

布恩律師：我媽媽說那位法官不錯。他有對你的監護權做出決定嗎？

愛波在巴黎：還沒。他說幾天後才會決定。目前我跟媽媽住，她的律師覺得我應該會就這麼住下來。

布恩律師：也許吧。你明天會去學校嗎？

愛波在巴黎：會吧。我已經有一個禮拜沒碰家庭作業了。

布恩律師：那明天見。

愛波在巴黎：謝謝你，西奧。

一個小時後，西奧還沒睡著，他的思緒在愛波和達菲謀殺案之間轉個不停。

第8章

胡立歐等待著。西奧咻的一下溜到學校前面旗桿附近的腳踏車格。「哈囉，早安！胡立歐。」西奧用西班牙文說。

「早安，西奧。」

西奧拿鐵鍊繞住腳踏車前輪，然後喀的一聲上了鎖。這條鐵鍊仍然讓他覺得沮喪。在一年以前，斯托騰堡的腳踏車都很安全，沒人需要弄什麼鍊子，後來腳踏車開始失竊了，到現在還是這樣，於是爸爸媽媽就堅持要有額外的安全保障。

「謝謝你昨天晚上幫我。」胡立歐說。他的英文說得很不錯，不過還是有濃濃的口音。不過他願意在學校接近西奧，還願意主動開口說話，就已經是向前邁進一大步了。或許是這樣吧，西奧想。

「小事啦，隨時都可以找我。」

胡立歐開始左顧右盼。有一群剛從校車下來的學生，正往校門口前進。「你很懂法律的事嗎，西奧？」

「我爸媽都是律師。」

「那你也了解警方、法庭這些事嗎？」

西奧聳聳肩，他從不否認自己擁有可觀的法律知識。「那方面我懂滿多的。」他說：「有什麼事嗎？」

「那場大審判，是關於達菲先生嗎？」

「是，他被控謀殺，正在進行一場大審判。」

「我們可以談談嗎？」

「當然。」西奧說：「可以問爲什麼嗎？」

「也許我知道些什麼。」

西奧仔細觀察他的眼神，胡立歐把頭別過去，好像做錯什麼事似的。副校長對著一些學生嚷嚷，要他們別再聊天，趕快進教室去。西奧和胡立歐也趕緊朝大門前進。

「我中午的時候去找你。」西奧說。

「好，謝謝你。」

「小事一樁。」

難道西奧的心思被達菲案佔據得還不夠多嗎？現在又將更多、更多了。一個來自薩爾瓦多、無家可歸的十二歲男孩，有可能知道任何關於米拉．達菲被殺害的事嗎？

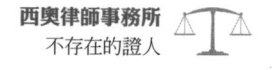

不可能。西奧走向教室時，下了這個結論。他對蒙特老師說聲早安，然後把書拿出來。他很不開心，那場審判，那場斯托騰堡有史以來最大的審判，即將在半小時內開庭，他卻不能到場。一點道理也沒有，他暗暗想著。

下課時，西奧偷偷溜到圖書館，躲進某個閱讀隔間裡，然後拿出筆記電腦，開始工作。負責記錄達菲案的是芬妮女士，根據西奧在法院所聽說的，她是全鎮最優秀的書記官。就像其他每一場審判，芬妮女士會坐在法官席底下、證人席鄰座，那是全法庭最佳的位置，也理當如此。她的工作是要記錄法官、檢察官、律師、證人，以及陪審團等各方所說的每一句話。利用她的速記機，芬妮女士可以輕易地在一分鐘內記錄兩百五十個字。

布恩太太說，很久以前書記官都要用速記的方式記錄，速記結合了符號、代碼、縮寫和所有為了跟上對話所需要的東西。審判結束後，書記官要將這些東西打成一份清楚的法庭對話記錄。光是整理這些，可能就要耗上很多天、好幾個禮拜，有時候甚至要好幾個月的時間，是件非常辛苦的工作。

但是現在不一樣了，感謝科技進步，記錄對話變得容易多啦；更棒的是，能夠記下即時的審判對話。法庭上至少有四台電腦，一台給甘崔法官，一台給檢察官，另一台給辯護律師，還有一台給書記官。芬妮女士記錄一切的當下，電腦就把這些話轉譯、格式化、壓縮到主系統，如此四台電腦就會同步出現記錄的內容。

審判中，常常會出現證人到底說了什麼、沒說什麼的這類爭論。只不過是幾年前，法官遇到這種情況會宣布暫時休庭，好讓可憐的書記官匆匆瀏覽筆記，尋找她潦草的字跡，然後重述她所寫下的內容。時至今日，法庭對話記錄變得立即又可靠。

芬妮女士和其他幾位書記官共用三樓的辦公室，他們的電腦存檔系統叫做「眞理」。西奧之前曾因爲對法庭裡發生的某件事太好奇了，而入侵這個系統。

那並不是一個很安全的系統，因爲所有訊息都公布在公開的法庭裡。任何人都能走進法庭，旁聽這場審判，當然了，任何不遵守嚴格中學校規的人也可以。西奧無法親自前往，他理所當然會想辦法知道審判過程。

他沒有錯過什麼。第二天的第一位證人是個保全主任，負責駐守在威佛利溪區的前門。那個社區有兩個大門，前門和南方大門，兩邊都設有警衛室，裡面至少有一名穿著制服的武裝保全人員，全天候警戒著，兩邊也都有監視器。調閱錄影畫面後，保全主任出席作證。他說案發當天，達菲先生，至少是達菲先生的車，曾在清晨六點四十八分從前門離開，然後在早上十點二十二分返回。

這份記錄證實達菲太太被殺害時，達菲先生的車停在家裡。這不具任何意義，因爲達菲先生本來就不否認這點。他早上出門上班，然後回家，停好轎車之後，跳進他的高爾夫球車，接著開車離去，留下他當時還活著的太太。

沒什麼大事發生，西奧想。他查看時間，離上課只剩五分鐘。

檢察官正在簡述一段單調乏味的記錄，說明當天早晨所有進入威佛利溪區的車輛。有一輛水管卡車和一隊人馬開到某戶人家，還有一隊天花板維修團隊到了另一戶人家，諸如此類。西奧覺得，檢察官好像在試著列舉出經過大門的所有非此區居民。

這是要證明什麼？也許傑克．荷根要試著證明謀殺發生當時，沒有任何未經許可的車輛或人員進入威佛利溪區。西奧覺得這有點扯太遠了。

他知道自己只是錯過了審判中無聊的那部分，於是關上電腦，匆匆回到教室。

胡立歐不在餐廳。西奧很快地吃完午餐，然後到處找他。好奇心一直在騷擾著他，在課堂上坐得愈久，他就愈想知道胡立歐究竟有沒有可能知道什麼內情。他問過好幾個七年級生，沒有人知道胡立歐上哪兒去了。

西奧回到圖書館的同一個閱讀隔間，迅速入侵了芬妮女士的系統。正如西奧所想的，現在法庭正在休庭中。若非如此，他早就趁午休時間找個藉口衝到市中心確認目前動態。

西奧猜中了，檢察官的確是想證明案發當下沒有任何未經許可的車輛進入威佛利溪區。因此，根據傑克．荷根的推論，兇手不是未經許可進入的人。任何陌生人都應該會被縝密的保全系統注意到，如此一來，兇手一定是個能自由進出、不引起保全注意的人，一定是某個住在這裡的人，比如彼得·達菲。

檢方的努力引爆了克利弗·南斯的熊熊炮火，儘管他在這之前都保持沉默。在接下來有點火爆甚至殘酷的交互詰問中，南斯律師逼著保全主任承認了以下幾點：第一、威佛利溪區共有一百五十四棟獨棟房屋，以及八十棟公寓住宅；第二、這裡的居民一共擁有至少四百七十七輛車子；第三、有一條柏油路是不受警衛或監視器監控的；第四、至少有兩條通往該社區的石子路不在地圖上。

南斯律師振振有詞地強調，威佛利溪區含括約一千兩百公畝的土地，當中有許多河流、小溪、池塘、樹林、洞穴、街道、巷弄，還有獨棟房子、公寓住宅，以及三座高爾夫球場。這麼大的範圍，想提供安全的戒備是「不可能的」。

那位保全主任，很不情願地同意這個說法。

稍後，他又同意案發當時想知道哪些人在大門內的社區裡或哪些人不在，也不可能。

西奧覺得這場交互詰問真是精采，而且又很有效。錯過這部分，讓西奧覺得更難過。

「你在幹嘛？」這聲音讓西奧嚇了一大跳，也讓他立刻回到中學生的世界。原來是愛波，她知道他的藏身之處。

「我在查審判內容。」

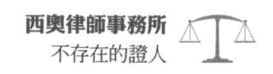

「多希望我這輩子不用再經歷任何審判。」

他把筆記電腦關掉，然後他們走到期刊區附近的一張小桌子。愛波想要和他談談，她用接近耳語的聲音重述昨天在法庭作證的惡夢，一場有一堆大人皺著眉頭專心聽她說每一句話的惡夢。

學校最後一次鐘聲在三點半響起，二十分鐘後，西奧已經抵達法庭。法庭現在不像昨天那樣擁擠，很幸運的，西奧在他的珍妮旁邊找到一個位子。珍妮是他的眞愛，她來自家事法庭的書記官辦公室，不過她只是拍拍西奧的膝蓋，彷彿把他當作一隻可愛的小狗看待，這點老是讓西奧很不高興。

陪審團不在，甘崔法官也不在。審判好像進入某種休庭狀態。「怎麼回事？」他低聲問。

「律師和檢察官們在議事室裡討價還價。」珍妮低聲回答，皺著眉頭，一副看起來很受挫的模樣。

「你還是覺得他有罪？」他的聲音更低了。

「是啊。你呢？」

「不知道。」

他們一來一往地低聲討論，幾分鐘後，前方傳來窸窸窣窣的聲音。甘崔法官回來了，律師和檢察官們也一個個走進法庭，一名法警去請陪審團。

檢方的下一個證人是位銀行界人士。傑克．荷根劈頭就問彼得．達菲在貸款上的一連串問題。他們談了一堆關於資金、抵押品、不履行債務等等的事，大部分都讓西奧摸不著頭緒。他看看那些陪審團員，大多數看起來也有些迷惘。那位銀行界人士的證詞很快就變得沉悶又無聊，如果是要證明彼得．達菲已經破產而且極需要現金，那麼西奧覺得這位銀行界人士是個滿糟糕的證人。

西奧覺得今天對檢方而言不是個好日子。他環視法庭，突然想到那個邪惡的歐馬．奇普並不在現場。西奧猜測他一定在附近，在某個地方看著或聽著。

那位銀行人士還在對每個人催眠。西奧回頭望向二樓包廂，那裡幾乎空無一人，只坐著一個男孩，是胡立歐。他彎著身子，坐在第一排最遠處，頭在欄杆後方幾乎看不到，彷彿知道自己不應該出現在這裡。

西奧再轉身看著證人和陪審團，心裡想著爲什麼胡立歐會來旁聽這場審判。

他一定知道些什麼。

幾分鐘過後，西奧再往上看，胡立歐不再是一個人了。歐馬．奇普坐在他的正後方，而胡立歐並不知道自己正被人監視著。

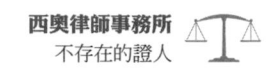

第9章

下午五點剛過，甘崔法官隨即宣布休庭，召集檢方與辯方代表到他的議事室，進行一場氣氛必定緊張的密談。西奧快步往外跑，尋找胡立歐的身影，卻什麼也沒發現。他消失了。幾分鐘後，西奧把車子停在他們家事務所後方，走進去。艾莎正在整理桌面，準備下班。「西奧，今天在學校過得好不好？」她邊問候邊擁抱西奧，露出她一貫的溫暖笑容。

「不好。」

「爲什麼不好？」

「學校無聊死了。」

「那是當然的。尤其審判進行期間，學校顯得特別無聊，對吧？」

「對。」

「你媽媽正在和客戶開會。你爸爸呢，聽起來是在打最後一桿。」

「他需要多多練習。」西奧說：「拜啦。」

「拜，親愛的，明天見嘍。」艾莎從前門離去，西奧從裡面把門鎖上。

伍茲．布恩在辦公桌附近擺了一支高爾夫球桿和幾顆球。他在一塊東方風格的地毯上練球，這完全無法和球場的綠草坪聯想在一起。這位律師每天都打好幾回，照他的說法是，當他「需要活動活動筋骨」時，就會起身輕輕敲上幾桿。劇情通常是這樣：小白球自顧自地過洞不入，離開地毯，直接滾到木頭地板上，發出清楚的咚咚聲響，雖然比不上保齡球轟隆隆滾過球道般響亮，卻也不容小覷。這時事務所一樓的員工就知道樓上那位凸槌高爾夫球玩家又失敗了。

「喔，哈囉，西奧。」布恩先生說。球打完了，他現在坐在辦公桌旁，兩邊袖子捲得高高的，菸斗咬在右側臼齒之間，而眼前的資料文件堆得像座山。

「嗨，爸。」

「今天學校怎麼樣啊？」

「還不錯。」如果西奧抱怨什麼（有時候他還是會忍不住脫口而出），爸爸就會開始他那段標準訓話，說教育有多重要啊之類的。「放學後，我去了法庭。」

「我猜到了。有什麼有趣的事嗎？」

他們談到那場審判，不過只聊了幾分鐘。爸爸似乎對審判一丁點興趣也沒有，西奧真是搞不懂他。這可是本地司法體系中驚天動地的事件，身爲一位律師，怎麼會對這個案子這麼沒有熱情呢？

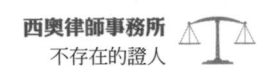

電話響起，布恩先生接電話去了。西奧下樓去看看事務所裡的其他成員。法律助理文森關著門工作，房地產助理陶樂絲已經下班了。西奧聽見媽媽的辦公室裡傳出嚴肅的交談聲，於是他輕手輕腳穿越走廊。他常聽見有人在那間辦公室裡哭泣，她們多半是遭遇婚姻問題難以解決的婦女，迫切需要他媽媽的幫助。

西奧一想到媽媽有多重要，臉上不禁泛起微笑。他一點也不想當媽媽那種律師，但不論如何，他還是以媽媽為榮。

他走進自己的辦公室，和法官聊了一會兒，然後開始做功課。時間緩慢過去，夜色漸漸變黑，突然，法官朝外面的某個聲響發出低沉的嗚嗚聲，接著傳來敲門聲。西奧嚇了一跳，起身望向窗外，是胡立歐。西奧開了門。

「可以在這邊談談嗎？」胡立歐問，朝事務所外面點了一下頭。

「當然。」西奧說，隨手拉上了身後的門。「怎麼了？」

「我也不知道。」

「我剛剛在法庭裡看到你。你在那裡幹嘛？」

胡立歐走離事務所幾步，彷彿擔心裡面會有人聽到他說的話，接著又緊張兮兮地四處張望。「我需要一個可以信任的人，西奧。」他說：「某個懂法律的人。」

「你可以相信我。」西奧說。他急著想知道胡立歐要說的事，這已經讓他掛心一整天了。

「可是，如果我跟你說了，你千萬不能告訴別人，可以嗎？」

「可以啊，可是如果我不能跟別人說，你又為什麼要告訴我呢？我不懂。」

「我需要別人的意見。一定要有人知道才行。」

「知道什麼？」

胡立歐雙手插在牛仔褲口袋裡，肩膀下垂，他看起來萬分驚恐。西奧想著關於他的事、他媽媽，還有他那對幼小的弟妹。他們遠離家園，又被父親拋棄，只好寄居在庇護所裡，說不定他們現在碰到什麼都怕。

「你可以相信我，胡立歐。」西奧說。

「好。」胡立歐無法直視西奧，他盯著自己的腳說：「我有個表哥，大約十八、九歲，從薩爾瓦多來的。他也在斯托騰堡，大概已經待一年多了。他在高爾夫球場工作，就是修修草坪、加加水之類的。你打高爾夫球嗎？」

「嗯。」

「那你應該看過那些照料球場的工作人員。」

「嗯。」西奧每週六早上都跟爸爸到斯托騰堡市立球場打球。每次都會看到一些工作人員，多半是拉丁裔。他現在回想起來了，沒錯，那些人都在球道或草坪上打理一切。

「他是在哪個高爾夫球場啊？」西奧問。這附近至少有三座球場。

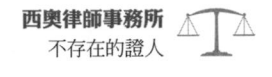

「就在那裡，那位太太遇害的地方。」

「威佛利溪區？」

「對。」

西奧覺得他的胸腔裡突然緊縮了一下，彷彿是有一個繩結瞬間成形。「繼續。」他說。雖然似乎有個聲音在告訴他，別再往下談了，馬上停止這個話題，趕快衝回辦公室，把門鎖上。

「是這樣的，那位太太被殺害的那天，他有上班。那個時候他正在吃午餐，午休是從十一點半到十二點。因爲他很想家，所以大部分的日子，他都會偷偷溜開，自己一個人用餐。他總是帶著一張家族合照，裡面有他媽媽、爸爸和四個弟弟，他會邊吃飯邊看著照片。雖然傷心，但這麼做會提醒他自己到遠方工作的理由。我表哥家很窮，他每個月都要寄錢回去。」

「他在哪裡吃午餐？」西奧問，不過他已經猜到了。

「我不太懂高爾夫球，他跟我說是在什麼球道和狗腿洞那裡，你知道那是哪裡嗎？」

「當然。」

「嗯，我表哥就坐在狗腿洞那裡的樹蔭下，有點像是躲起來，因爲午休時間是他唯一能獨處的時間。然後他看到一個男人開著高爾夫球車，飛快地開過球道。那個男的車上載了一整組的球具，但他根本沒在打球，他好像在趕時間。突然間，他左轉將車停在一棟房子的露台旁邊，就是那位太太被殺的房子。」

西奧屏住呼吸說：「噢，我的天啊。」

胡立歐看著他。

西奧說：「繼續說下去。」

「然後這個男的從車上跳下，走向後門，快速地脫下高爾夫球鞋，就開門走進去了。那扇門沒上鎖，而這個男的動作很迅速，好像完全知道自己要做什麼。我表哥也沒想太多，因爲那裡的住戶常常來打球。不過那個人在露台上脫鞋倒是有點奇怪，他還做了一件我表哥覺得很怪的事。」

「什麼？」

「那個男人的左手戴著白色手套，這算正常，對吧？」

「對，大部分慣用右手的高爾夫球玩家，都會在左手戴上手套。」

「我表哥也是這麼說。他原本想說，這個人大概是在球場的哪裡打球，然後又決定要到這家……」

「而他忘了脫手套。」西奧說。

「也許吧。不過有個地方很怪，那個男人脫了鞋，把鞋子放在門邊後，就從口袋裡拿出另一只手套迅速戴上。這下他兩隻手都戴了白手套。」

西奧胸口的結，現在好像已經膨脹得像足球一樣大。

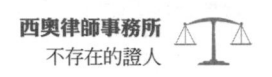

「為什麼這個男人在開門進這個屋子前，要戴上兩隻手套？」胡立歐問。

不過西奧並沒有回答。他的心頭浮現出一個影像：達菲先生坐在法庭裡，被律師群圍繞著，臉上帶著自鳴得意的微笑，像是在說，他犯下了這樁完美的謀殺案，但永遠沒有被揭露的一天。

「哪一條球道？」

「第六號球道，在溪區球場。他是這麼說的。」

那是達菲家！西奧在心裡說。

「你表哥當時距離那裡有多遠？」

「我不知道，我沒去過那裡，不過他說他藏得很隱密。那個男的從屋子裡出來的時候，還東張西望好確認附近沒人，看起來鬼鬼祟祟的。他完全沒發現我表哥正盯著他看。」

「那個男的在屋裡待了多久？」

「沒多久。不過我表哥並沒有起疑心。他從同一扇門走出來的時候，我表哥剛吃完午餐，正在替家人祈禱。那個男的在露台上慢慢地走了一會兒，看了看球道前後方，一邊脫下雙手的手套，塞到高爾夫球袋裡，接著就穿上鞋，跳上高爾夫球車，開走了。」

「然後呢？」

「正午的時候，我表哥回去工作。過了幾個小時，他正在修剪北九洞球場的草坪時，一個朋友跟他說，溪區球場出事了，現在到處都是警察；聽說有人闖空門，還有個女的被殺了。那個下午，謠言在球場傳得比風還快，我表哥很快就知道出事的房子是哪一棟。他鼓起勇氣開著工作車過去瞧瞧，看到房子外面都是警察後，他馬上開車離開。」

「他有告訴任何人嗎？」

胡立歐踢著地上的石子，再度環顧四周。此時天色已黑，也沒有人在看著他們。「西奧，我們現在說的，全都要保密喔。」

「當然。」

「呃，我表哥是非法入境。我媽媽有我們小孩子的證件，但我表哥沒有。事情發生的第二天，警方到球場問了一堆問題。在他們那邊工作的，還有其他兩個從薩爾瓦多來的男孩，都是非法的。老闆要他們這幾天先別去上班，躲遠一點，他們也照做了。只要和警方有任何接觸，我表哥就會被抓，關進監獄，然後被遣返回薩爾瓦多。」

「所以，他還沒跟任何人提過？」

「沒有，他只告訴我。某一個晚上，他在電視上看到謀殺案的報導，還播放那棟房子的畫面，我表哥馬上認出來就是那一棟。接著播出達菲先生走在人行道上的畫面，我表哥說，他確定那個走路的人，就是那天走進屋子裡的那個男人。」

「他為什麼要告訴你？」

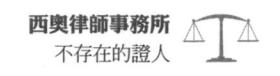

「因爲我是他表弟啊，而且我在上學，英文好，又有身分證明。他不了解美國的司法體系，所以才問我。我跟他說我會盡全力弄清楚，這就是爲什麼我在這裡，西奧。」

「你希望我做什麼？」

「告訴我們該怎麼做。他可能是個重要證人，不是嗎？」

「喔，他的確是。」

「那麼，我表哥該怎麼做呢？」

快逃回薩爾瓦多！西奧心裡這麼想，卻沒說出口。「給我一點時間想想。」他邊說邊摸著下巴，矯正中的牙齒突然感覺有點痛。他踢著石子，想像如果胡立歐的表哥站上證人席，會掀起多大的風暴。

「會有什麼獎賞嗎？」胡立歐問。

「他想要錢嗎？」

「每個人都想啊。」

「我不知道，不過現在可能太遲了。審判都已經進行到一半了。」西奧又踢了一顆石子。好一會兒，這兩個男孩只是盯著自己的腳看。

「這簡直不可思議！」西奧說，他覺得有點暈眩，而且非常困惑。不過他的思緒仍然相當清晰，他知道這已經超出他能力所及，非得找大人來處理不可。

要保守這個祕密是不可能了。

「怎麼樣？」胡立歐追問。他現在盯著西奧，盼望聽到充滿智慧的話語。

「你表哥住在哪裡？」

「採石場附近，我從來沒去過。」

跟西奧猜的一樣。採石場那邊是本地的混亂區域，那裡的居民多半是低收入戶。斯托騰堡是座安全的城市，但偶爾也會發生一、兩件槍擊案或緝毒活動，而這些似乎總是在採石場那附近發生。

「我可以跟你表哥談談嗎？」西奧問。

「不知道耶，西奧。他現在超緊張的，很怕會惹禍上身。你知道他現在的工作對他們家有多重要吧。」

「我了解，但是我必須和你表哥確認一些細節，這樣才能決定接下來該怎麼做。你們多久會碰一次面？」

「每個星期一次或兩次吧。他會來庇護所和我媽聊聊。他非常想家，而我們是他在這裡唯一的家人。」

「他有電話嗎？」

「沒有，不過他和一群人一起住，其中一個有電話。」

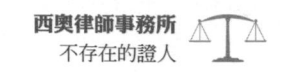

西奧在停車場的砂石地上來回踱步，深深陷入思考中。然後他彈著手指說：「好，我的計畫是這樣。我想今天晚上你需要有人教你代數。」

「呃，可能吧。」

「說你需要。」

「好，我需要。」

「很好。跟你表哥聯絡，請他在一個小時後去一趟庇護所。我會去教你代數，然後就會碰到你表哥了。你告訴他我是個可以信任的人，而且除非他同意，我絕對不會洩露他的祕密。懂了嗎？」

「我會試試看。跟他談完之後，你打算怎麼做？」

「不知道，我還沒想到那麼多。」

胡立歐消失在黑夜裡。西奧回到他的辦公室，那裡收藏著他自己的達菲檔案，包括報紙報導、起訴書影本，以及網路上關於彼得・達菲、克利弗・南斯，甚至是檢察官傑克・荷根的資料。

每一位律師都有自己的檔案。

星期三晚上，他們一向吃金龍餐廳的外帶中國菜。布恩一家總是在起居室裡，一面吃中國菜，一面欣賞西奧最喜歡的《梅森探案》❾影集重播。

布恩太太還在跟客戶談事情，一位可憐女人的啜泣聲飄過上鎖的門傳出來。西奧跟爸爸說，他得去一趟庇護所，花點時間教胡立歐代數。布恩先生正準備前往金龍餐廳。

「別弄得太晚。」布恩先生說：「我們七點開飯。」

「不會啦。」我們當然是在七點開飯，這還用說嗎？

事務所的一樓前方設了一個圖書室，圖書室中央擺著一張長形大桌，皮椅圍繞著桌子，而塞滿厚重書籍的書架分別靠著四個牆面。這裡是召集重要會議的地方，偶爾也會出現律師群在此討論證詞或試著達成協議。法律助理文森喜歡在這裡工作，西奧也是，如果事務所那天不忙的話。西奧也喜歡在事務所下班且員工們都離開之後的傍晚時分偷偷潛入。

他和法官進入圖書室後就關上門。西奧沒開燈，直接爬進一張皮椅，把腳蹺到桌上，然後看著光線昏暗的書架。那裡有上千本書，媽媽和客戶的交談聲從大廳另一端傳來，但聽起來好遙遠，幾乎聽不見。

在西奧認識的小孩裡，沒有誰的父母是一起工作的專業人士，也沒有誰在放學後會在辦公室裡晃盪。他大部分的朋友都在打棒球或足球，有的在游泳，或是在家裡閒晃，等著吃晚餐。而他呢，正坐在滿室漆黑的圖書室裡，思考著一小時前所發生的事件。

他好愛這個地方。這裡揉合了各種香氣，有磨損的皮革、老舊的地毯和沾滿灰塵的法律書籍。這裡的味道，聞起來很重要。

他，西奧·布恩，怎麼會正好知道了達菲案的關鍵證據？在斯托騰堡的七萬五千名居民中，爲什麼就是他？這可是此地自一九五〇年代以來最嚴重的一樁罪案，而他，西奧·布恩，突然身陷其中。

應該怎麼辦，他毫無頭緒。

❾《梅森探案》（*Perry Mason Show*）號稱美國史上播映最久的法律影集，始於一九五七年。改編自賈德納（Erle Stanley Gardner）創作的同名小說系列。主角是名叫佩瑞·梅森（Perry Mason）的洛杉磯律師。

第10章

西奧在高地街的庇護所入口處停車時，幾個長相兇惡的男人正在那裡閒晃。他很有禮貌地說聲「抱歉」，笑容僵硬地從這群人的身邊經過。其實他並不害怕，因爲這些人不會騷擾小孩子。走味的酒發出令人作嘔的氣味，飄浮在空氣中。

「小子，身上有零錢嗎？」一個刺耳的聲音說。

「沒有，先生。」西奧邊說邊走，絲毫沒有放慢腳步。

進去以後，西奧在地下室找到胡立歐，他和家人快吃完晚餐了。胡立歐的媽媽英文還過得去，不過很明顯的，在星期三晚上看到西奧讓她感到很驚訝。西奧用他自認標準的西班牙文解釋，胡立歐今天還是需要有人教他代數。很顯然這位媽媽聽不懂他的標準西班牙文，因爲她轉頭去問胡立歐，西奧在說什麼。後來艾克特不知道爲什麼開始大哭，他媽媽就忙著照料年幼的兒子去了。

餐廳裡擠滿了人，熱得要命，還有其他孩子在哭。西奧和胡立歐逃到樓上的一間小會議室，那是他媽媽偶爾用來和庇護所的客戶見面的地方。

「你跟你表哥談過了嗎？」西奧關上門後問。

「嗯。他說會來，但我不確定。西奧，我表哥很緊張，他如果沒來，也不用太驚訝。」

「好。那我們就先來學代數。」

「一定要嗎？」

「胡立歐，你的代數只得到C耶。那還不夠好，你應該可以拿B的。」

十分鐘後，他們都覺得很無聊。西奧無法專心，因爲他老是想到胡立歐的表哥，還有他的證詞會成爲潛力無窮的驚爆彈。胡立歐也心不在焉，因爲他討厭代數。西奧的手機響起。

「是我媽。」他邊說邊把手機蓋打開。

西奧的媽媽準備離開事務所了，她有點擔心西奧。西奧跟媽媽保證他沒事，說他和胡立歐正在認眞研究代數，等一下就會及時趕回家吃中國料理，冷的也沒關係。況且現在這個節骨眼，吃冷的或熱的又有什麼差別呢？

他啪的一聲闔上手機後，胡立歐說：「有自己的手機好酷喔。」

「我不是學校唯一有手機的學生。」西奧說：「而且這只能撥市內，不能打長途電話。」

「還是很酷。」

「這只是手機，又不是電腦。」

「我們班上沒人有手機。」

「你現在才七年級啊，明年再說吧。你覺得你表哥現在人在哪裡？」

「我們來打電話給他。」

西奧猶豫了一下，然後又想，有什麼不可以？他可沒有一整晚的時間跟這位表哥耗下去。他按了那個號碼，然後把手機交給胡立歐。等了一會兒，胡立歐說：「轉語音信箱。」

這時，外面傳來了敲門聲。

這位表哥身上還穿著球場的卡其制服，背面寫著大大的「威佛利溪區高爾夫球」幾個字，正面口袋上也有同樣的字，不過小得多，連搭配的帽子上也有相同字樣。胡立歐的表哥身材和西奧差不多，看起來一點也不像十八、九歲的少年。他黑色的眼睛慌亂地四處掃射，還沒坐下就一副急著離開的模樣。

他不願意和西奧握手，也拒絕透露他的姓名。他以連珠炮的西班牙文和胡立歐你來我往快速交談著，語氣顯得相當緊張。

「他想知道爲什麼要相信你。」胡立歐說。西奧很感謝胡立歐的翻譯，因爲他幾乎完全聽不懂他們說的西班牙文。

他說：「聽著，胡立歐，我們來快速回顧一下發生的事好嗎？你表哥去找你，你來找我，所以我現在才會在這裡。不是我開始的，如果他想走，那就再見啦，我會很高興能回家去。」

這些話聽起來不太禮貌，就英文來講，語氣已經夠強烈了，當胡立歐把這些話翻譯給他表哥聽的時候，表哥憤怒地瞪著西奧，彷彿西奧汙辱了他。

其實西奧並不想離開，雖然他知道最好快點閃人。他知道這種事還是不要涉入比較好，儘管他不斷告訴自己快退出，但事實上，他超喜歡自己現在扮演的角色。「跟他說可以信任我，西奧絕對不會洩露半個字。」他告訴胡立歐。

胡立歐傳達這個訊息後，他表哥似乎放鬆了一點。

西奧覺得胡立歐的表哥顯然深受困擾，他需要協助。胡立歐繼續劈哩啪啦說著西班牙文，他正在極力讚美西奧，這個西奧聽得懂一些。

表哥微笑了。

西奧列印了一張溪區球場的Google地圖，還把達菲家標示出來。仍然不願透露姓名的表哥開始講述他的故事。他指著第六球道某個狗腿洞樹叢裡的一點，開始滔滔不絕描述他目睹的情景。那天，他走到樹林的邊緣地帶，坐在接近河床的橫木上，自顧自地吃著午餐、想些心事，突然看到那個男人從後門跑進那棟屋子裡，幾分鐘後又跑了出來。胡立歐很努力跟上表哥的速度翻譯，不時還得請表哥停一下，這樣他才有空檔翻譯給西奧聽。西奧自己也在進步中，他習慣了胡立歐表哥的說話模式後，就愈來愈聽得懂他的西班牙文了。

表哥談起警方調查過後，小道消息不脛而走，高爾夫球場一片混亂。他有個來自宏都拉斯的朋友負責在俱樂部烤肉區服務客人，根據他的說法，達菲太太遇害的消息傳出時，達菲先生正在享用他延遲的午餐和酒。他煞有其事地衝出餐廳，跳上高爾夫球車，疾駛回家。這位朋友說，達菲先生身穿黑色毛衣、淺棕色的長褲，戴著一頂紅褐色高爾夫球帽；而這位表哥說這點完全吻合，那個進入達菲家且沒幾分鐘又出來的男人，正是如此打扮。

西奧從他的檔案裡拿出四張彼得．達菲的照片。那些照片都是從網路上抓下來的，來源是《斯托騰堡日報》的資料庫。他把照片放大到八乘十吋，攤在桌面上，然後在旁邊等著。可是表哥認不出達菲先生。他說，那天他在靜靜用餐時看到的那個男人，估計跟他相隔大概五十到九十公尺。他所看到的男人感覺和照片中的人非常相像，但無法確定是不是同一個人，不過，他很確定那個男人的穿著打扮。

如果能取得胡立歐表哥的明確指認，對案情的確大有助益，但也並非關鍵。想要證實達菲先生當天的穿著可以說是易如反掌，而且目擊者看到這個穿得一模一樣的男人在案發前幾分鐘進入達菲家，光是這個事實就足以定罪，至少西奧是這麼想的。

西奧一面等胡立歐將他的話翻譯成西班牙文，一面仔細觀察他表哥。毫無疑問，他說的是實話。他沒有理由說謊，說謊對他沒有一點好處，還可能讓他失去一切！他的說法很可信，而且還與檢方提出的說法不謀而合。唯一的問題是，檢方並不知道有這麼一位目擊者。

西奧聽著，再次問自己，下一步該怎麼做。

表哥說話速度更快了，像是終於潰堤的水壩，急著讓一切傾洩而出。胡立歐奮力翻譯，西奧則狂熱地敲著電腦鍵盤，盡可能記錄一切。他偶爾停下，請胡立歐重複某些細節，然後又馬上繼續。

後來西奧該問的都問了，他瞥了一眼手錶，驚覺時候不早，已經超過七點了，他爸媽對他不能趕上用餐時間，一定會不高興。於是西奧說他得走了，胡立歐的表哥問他接下來該怎麼辦？

「我還不確定。」西奧回答：「給我點時間，讓我醞釀一下。」

「你答應過不會說出去的。」胡立歐說。

「我不會說的，胡立歐，除非我們，我們三個，達成協議。」

「我表哥要是被嚇到的話，可能就會消失不見。」胡立歐說，一面對表哥點頭示意。「他絕對不能被抓，你知道吧？」

「我當然知道。」

雞肉炒麵吃起來比平時更冷，西奧沒什麼胃口。布恩一家人在起居室裡的小摺疊桌前吃著中國料理。打從成為布恩家人的第一天起就拒絕狗食的法官，也在電視機旁用碗吃著晚餐，胃口好得很。「你怎麼不吃呢？」媽媽問，她的筷子停在半空中。

「我在吃啊。」

「你看起來有心事。」爸爸說。他用的是叉子。

「沒錯，你有心事。」他媽媽附和。「庇護所裡發生了什麼事嗎？」

「沒事啦，只是在想胡立歐和他的家人，還有這一切對他們來說有多麼艱困。」

「泰迪，你眞是個好孩子。」

要是你知道發生什麼事，就不會這麼說了，西奧想。

黑白版的佩瑞．梅森正在一場大審判當中，他正在敗訴邊緣掙扎。法官已經受夠他了，陪審團看起來也對他充滿問號，而檢方則是信心滿滿。突然間，梅森律師望向旁聽席，喊出一位祕密證人的名字。這位目擊者走上證人席，開始訴說一個與檢方版本截然不同的故事，一個合情合理的新版本。這位祕密證人通過了交互詰問，後來陪審團決定要站在梅森律師的客戶那一方。

又一個完美結局。又一場法庭上的勝利。

「才不是那樣。」布恩太太說。這句話她大概每一集都會說上兩、三次。「根本沒有祕密證人那回事。」

西奧抓住機會問：「但如果突然出現證人了呢？如果他是發掘眞相的關鍵，而且是個沒人認識的證人？」

「如果沒有人認識他，他怎麼有辦法自己跑到法庭？」布恩先生問。

「如果他就這麼出現了呢？」西奧回答：「如果這個證人在報紙上看到這起案子，也在電視上看到了什麼，然後決定挺身而出。過去從來沒人知道他的存在，也沒人知道他目睹了一切，那麼法官會怎麼做？」

即使是短暫的片刻，西奧很難得讓家裡的另外兩位律師答不出話來。他的父母在思索他的問題。目前爲止有兩件事是確定的：第一、父母雙方都會提出各自的意見；第二、無論如何，他們都不會同意對方的說法。

媽媽先發動攻勢。「檢方不能請祕密證人上場，因爲他事先並未告知庭上與被告。照規定，祕密證人是被禁止的。」

「但是，」爸爸說，幾乎是打斷對方，而且明顯地準備好要爭辯，「如果檢方事先並不知情，當然無法告知證人的身分。審判的目的在於找出眞相，而不讓目擊者作證，等同於隱藏事情眞相。」

「規定就是規定。」

「法官可視情形修改規定。」

「定罪之後就不能再上訴了。」

「不要那麼肯定喔。」

一來一往，唇槍舌戰中，西奧顯得更加安靜，他很想提醒爸媽，他們倆的專業都不是刑法，不過這麼一來可能會招來雙方的炮火攻擊。在布恩家，這樣的討論再尋常不過，西奧因此在飯桌上、玄關處，甚至在車子後座，學到了不少法律知識。

比如說，他知道他的父母身為法律從業人員，總自視為法庭裡的官員。正因如此，協助司法運作是他們的職責所在。如果其他律師違反工作倫理或警方破壞規定，或者是法官失職，那麼他的父母就會採取適當行動。根據他們的說法，很多律師會忽略自己的這份職責，但他們絕對不會。

西奧不敢告訴他們胡立歐表哥的事，他們的那份責任感搞不好會逼著他們直接去找甘崔法官。這樣一來，胡立歐的表哥就會被警察逮捕，拖到法庭，被迫作證，然後以非法移民的身分被拘留。他們會把他關到監獄裡，再移送到某種拘留中心，照蒙特老師所說的，他在被遣返回薩爾瓦多之前，會被關上好幾個月。

而西奧的信譽會毀於一旦，還有一個家庭會嚴重受到傷害。

然而，一個殺人犯就能因此被定罪，否則彼得．達菲說不定會以自由之身離開法庭，從此逍遙法外。

西奧勉強吞下另一塊冷掉的雞肉。

他知道今天晚上又要失眠了。

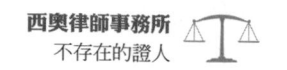

第11章

快日出時，西奧終於從一個個惡夢中醒來，他決定放棄再好好睡一下的念頭。他盯著臥室的天花板看了許久，等著父母起床走動的各種聲響，然後他跟睡在床下的法官說早安。

整個夜裡有好幾次，西奧說服自己別無選擇，只能在當天早晨對父母坦白一切，告訴他們胡立歐表哥的事。他也改變了好幾次心意。當他緩緩下床時，心裡有了決定。他就是沒辦法逼自己打破對胡立歐和他表哥的承諾，他無法告訴任何人。如果某個待罪之身因此逍遙法外，那也不是他的問題。

眞的不是嗎？

他一一執行所有的早晨例行公事，發出各種聲音，像是淋浴、刷牙、戴牙套，然後決定該穿什麼衣服。一如往常，他想起艾莎和她那討人厭的習慣，她總是會快速檢視他的襯衫、長褲、鞋子，確認一切都搭配得剛剛好，而且這些衣物和過去三天穿的都不能重複。

他聽見爸爸在七點前的幾分鐘離家，媽媽在起居室裡看晨間節目。七點半，西奧關上廁所的門，打開手機，然後撥了艾克伯父的電話。

艾克不是什麼早起的鳥，他那小而不起眼的稅務工作雖然有些可悲，卻不怎麼吃重，況且他也不會以滿滿的衝勁開始新的一天。他的工作無聊透頂，這件事他常常掛在嘴邊。艾克還有個問題，他太愛喝酒，也因爲這個不幸的習慣，他的早晨都很晚才開始。多年來，西奧常聽到大人們悄聲談論艾克的酗酒問題。有一回，艾莎問了文森一件關於艾克的事，文森只簡短回答：「也許吧，如果那時候他清醒的話。」西奧不應該聽到這些，不過事實上，他在辦公室聽到的，比其他人知道的多很多。

電話終於有人接了，話筒傳來粗啞的聲音。「是西奧嗎？」

「是我，艾克。早安，很抱歉這麼早打給你。」西奧盡量壓低音量。

「沒關係，西奧，我想你一定是有什麼話想說。」

「對，今天早上我們可以談談嗎？早一點？在你辦公室？有一件很重要的事發生了，但我不確定能不能跟我爸媽討論。」

「喔，西奧，沒問題啊。你幾點過來？」

「大概是八點過幾分吧，我八點三十分要到學校。如果我太早出門，我媽會起疑的。」

「好啊，我很樂意跟你碰面。」

「艾克，謝謝你。」

西奧呼嚕嚕吃完早餐，跟媽媽親一下說再見，再跟法官說說話，然後跳上腳踏車，疾行過馬拉巷。正好八點整。

艾克坐在辦公桌旁，拿著冒著熱氣的咖啡紙杯，還有一個巨大的肉桂捲，上面的糖霜至少有兩公分厚，看起來超好吃的。不過西奧才剛吃完他的穀片，更何況，他現在沒胃口。

「你還好嗎？」艾克問。西奧正要在椅子的邊緣坐下。

「還好。我必須找人私下談談，某個我能信得過而且懂法律的人。」

「你是殺了誰，還是搶了哪家銀行啊？」

「都不是。」

「你整個人感覺好緊繃。」艾克邊說邊扯下一大塊肉桂捲，塞進嘴裡。

「是關於達菲案。關於達菲先生是否有罪，我可能知道一些事。」

艾克繼續大口嚼著，倚著手肘，身體前傾，對西奧瞪大眼睛。「繼續說。」此時他雙眼周圍的皺紋感覺更深了。

「有一位證人，是個沒人知道的傢伙，他在案發當下看到了什麼。」

「而你知道他是誰？」

「對，而且我答應不能說出去。」

「你是怎麼遇到這傢伙的？」

「透過學校的同學。我不能再告訴你別的了，我答應過不說的。」

艾克很困難地吞下肉桂捲，接著拿起咖啡杯，喝了好大一口。他的眼神從未離開西奧，他其實不怎麼驚訝。他知道他姪子認識的律師、書記官、法官和法警，恐怕比鎮上的任何一個人還多。

「這個證人看到的，不論到底是什麼，勢必對審判產生決定性影響，是嗎？」艾克問。

「是的。」

「這名證人是否曾與警方或律師或任何與本案相關的人士談過此事？」

「沒有。」

「現在這位證人仍然不願意曝光嗎？」

「是的。」

「證人在害怕什麼嗎？」

「是的。」

「他的證詞有助於將達菲先生定罪，還是會幫他脫罪呢？」

「定罪，這是一定的。」

「你和證人談過了嗎？」

「是的。」

「你相信他說的？」

「是，他說的都是眞的。」

艾克又喝了好大一口咖啡。他咂咂嘴，眼睛直盯著西奧，像是要在他眼裡鑽個洞似的。

艾克繼續說：「今天是星期四，審判進入第三天。我聽到的傳聞說，甘崔法官決定要在本週結案，即便要在星期六開庭也在所不惜。所以這代表審判已經過去一大半了。」

西奧點頭。他的伯父又塞了一大塊肉桂捲到嘴裡慢慢嚼。一分鐘過去了。

艾克終於把麵包吞下，然後說：「事情很明顯，現在的問題是，審判進行至此，還可以拿證人來做什麼？或者應該拿他來做什麼？」

「沒錯。」西奧說。

「嗯，而且就我所知，傑克．荷根檢察官的確需要一些驚喜。這個案子從一開始就不利於檢方，後來更是每況愈下。」

「我以爲你沒在注意這場審判。」

「我有朋友啊，西奧，也就是情報來源。」

艾克從椅子上跳起來，走向房間的另一端，那裡立著古老的書架，上面塞滿法律書籍。他的手指在好幾本書的書背上搜尋，然後抓了其中一本，開始快速翻閱。他走回辦公桌坐下，把書擺在面前，極力尋找他心中所想到的事。一陣靜默後，他終於說：「就在這裡。根據我們的法律程序，倘若刑事法庭的法官覺得審判中有不當事件發生，他有權宣布審判無效。這裡還有幾個例子，像是陪審團員和某位與審判結果有利益關係的人士接觸，或是某個重要證人因生病或其他緣由而未能出席作證，或是遺失了重要證物等等。」

西奧知道這條規定。「這也包括祕密證人嗎？」他問。

「並不專指那個，不過這是個很廣義的規定，允許法官去做他認爲對的決定。他可以用重要證人缺席的條文宣布審判無效。」

「宣布審判無效之後，會發生什麼事？」

「起訴的罪名不會被撤銷，會另外安排一場審判。」

「什麼時候？」

「這就要看法官的意思了。但就這個案子而言，我想甘崔法官不會等太久。頂多幾個月，好讓這位祕密證人做好準備。」

西奧的思緒飛快，以至於一時之間不知道該說什麼。

艾克說：「所以呢，問題在於你要如何在案子交由陪審團決議前，說服甘崔法官宣布審判無效，也就是在陪審團判定實際上有罪的達菲先生無罪之前？」

「我不知道。這就是你該出場的時候了。艾克，我需要你幫忙。」

艾克把書推開，又扳了一塊肉桂捲。他一面嚼著食物，一面思索現在的情勢。「我們先這

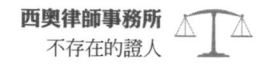

麼做吧，」他邊嚼邊說：「你去上學，我去法庭瞧瞧。我會先做些研究，或許再跟幾個朋友聊聊。相信我，我絕不會提到你的名字，西奧，我一定會保護你。午休的時候，可以打電話給我嗎？」

「當然。」

「快走吧。」

西奧走到門邊時，艾克問：「爲什麼還沒跟你爸媽說呢？」

「你覺得我應該告訴他們嗎？」

「不是現在，或許晚一點吧。」

「他們有很強的職業道德，艾克，你知道的，他們是法院體系的官員，可能會逼我說出知道的一切，那會弄得很複雜。」

「西奧，這對十三歲的人來說的確太複雜了。」

「嗯，我也覺得。」

「午休時記得打電話給我。」

「我會的，艾克，謝謝你。」

下課時間，西奧急著找愛波，有人卻從大廳另一頭叫著他的名字。山迪・寇跑了過來。

「西奧，」他說：「你有空嗎？」

「呃，有啊。」

「嘿，我只是想告訴你，我爸媽去見過那位專門處理破產的律師了，那個莫金格律師向我爸媽保證，我們絕對不會失去那棟房子。」

「那太棒了，山迪。」

「他說他們要先宣告破產，就像你跟我說過的那樣，但最後我們還是能夠保住自己的房子。」山迪從他的背包裡掏出一個信封，交給西奧。「這是我媽媽準備的，我跟她說了你的事，我想這是一張感謝卡吧。」

西奧勉強收下。「你媽媽不用這樣啦，山迪。這又沒什麼。」

「沒什麼？西奧，因爲你的建議才能保住我們家耶。」

西奧注意到山迪說著說著，眼睛變得有點溼潤，好像快哭出來了。西奧輕輕敲了他一拳說：「這是我的榮幸啦，山迪。以後如果還有需要幫忙的，別客氣。」

「謝謝你，西奧。」

上公民課的時候，蒙特老師請西奧跟大家分享達菲案的最新消息。西奧跟同學說明，檢方正試著證明達菲夫婦的婚姻岌岌可危，兩年前他們就曾經差點申請離婚。好幾位他們的友人前來作證，不過西奧認爲，他們都被南斯律師凌厲的交互詰問弄得狼狽不堪。

有那麼一、兩秒，西奧甚至考慮打開他的電腦，朗誦兩句法庭上剛出爐的對話給同學聽，不過他後來還是做了明智的決定，儘管他入侵書記官的電腦系統不算犯罪行爲，但終究也不是什麼正派的作法。

一下課，班上同學就往餐廳邁進，西奧則衝去廁所打電話給艾克，這時都已經快十二點半了。「他會脫罪的。」艾克接起電話說：「荷根不可能將他定罪。」

「你看了多久？」西奧躲到一個隔間裡問。

「一整個早上。克利弗·南斯太高明了，荷根簡直是節節敗退。我也觀察了陪審團，他們不喜歡彼得·達菲，但就是沒證據啊。他會脫罪的。」

「但是他有罪啊，艾克。」

「你是可以這麼說，西奧。但我不知道你所知道的事，沒人知道。」

「我們該怎麼辦？」

「我還在研究。放學後來找我。」

「好。」

第12章

在八年級女生中，就屬荷莉最受歡迎。一頭深色鬈髮的她，非常可愛外向，熱中於和男生打情罵俏。她是啦啦隊隊長，自己上場時也一點都不馬虎。打起網球，所有男生都不是她的對手；說到游泳，她曾經在一百公尺自由式與五十公尺蛙式的比賽中擊敗布萊恩。既然她的興趣多半圍繞在體育活動上，西奧在她心目中大概只能得到個B，甚至是C。

但是由於她養的狗有副壞脾氣，現在西奧的名次有機會向前移動。

荷莉的狗是隻德國小獵犬，只要白天沒人在家陪牠，牠就很容易變得暴躁易怒。不知怎麼搞的，這次牠從寵物門溜出屋子，又在後院的籬笆下挖洞逃脫，最後在離家將近一公里處被動物管制局的人發現。西奧邊聽故事邊把午餐吃完。剛才，荷莉和她兩個朋友就這麼衝到西奧坐的地方，也不管西奧在幹什麼，一股腦地告訴他小狗的事。荷莉淚眼汪汪、心煩意亂，西奧卻很難不去注意她長得有多麼可愛，即使是哭泣的模樣。這是西奧的關鍵時刻。

「這種事以前發生過嗎？」他問。

她抹去臉頰上的淚水說：「嗯，洛奇幾個月前被抓過。」

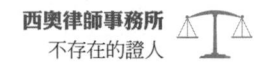

「牠會被毒死嗎？」愛德華問。這時已經有一群人圍在西奧、荷莉和她的朋友旁邊，荷莉常吸引一大票男生圍在身旁。一想到她的洛奇會被安樂死，荷莉哭得更傷心。

「閉嘴啦。」西奧喝斥愛德華，他眞是個蠢蛋。「不會的，牠不會被毒死。」

荷莉說：「我爸出城去了，媽媽傍晚之前都要看診。我該怎麼辦？」

西奧把午餐推到一旁，打開筆記電腦。「放輕鬆，荷莉。我知道該怎麼做。」他敲了幾個鍵，身旁這群人又靠近了一點點。「我想你家的狗應該有登記吧？」西奧說。

斯托騰堡有條規定，凡是養狗都必須核發執照且做登記。他們會捕捉流浪狗移送到收容所，最久可以待到三十天。三十天後，如果沒人願意領養，狗兒就會被安樂死，依照愛德華口無遮攔的說法，就是被毒死。不過他們並不會使用毒氣。

荷莉家比一般家庭富裕。她爸爸擁有自己的公司，媽媽是醫生。他們家的狗當然有登記。「有啊，」荷莉回答：「是用我爸的名字。」

「你爸爸叫做……？」西奧敲著鍵盤。

「華特．克修。」

西奧輸入這個名字。大家屏息以待，哭聲也停止了。

「好。」西奧一面說，手指一面在鍵盤上飛舞。他認眞地看著螢幕說：「我正在查動物管制局的記錄。」手指繼續飛舞。「找到了！洛奇在今天早上九點半被送到收容所，牠沒繫皮帶，這是今年第二次了，要罰二十美金，再加上食宿費八美金。下次再犯，牠就會被關上十天，還得繳交一百元罰鍰。」

「我什麼時候可以帶牠回家？」荷莉問。

「動物法庭每週開庭四天，週一休庭，週二至週五每天下午四到六點開庭。今天下午你有空出庭嗎？」

「有吧。可是，我爸媽不用去嗎？」

「不需要。我會去，我處理過這種案子。」

「不需要眞的律師嗎？」愛德華問。

「動物法庭不用，即使是像你這樣的傻瓜也辦得到。」

「那錢呢？」荷莉問。

「我不能收你錢，我還沒有執照。」

「西奧，我不是說你，我說的是要繳的罰鍰。」

「喔，那個啊……我計畫這麼做。首先，上網提出領回申請，這表示你們承認洛奇已經違反了繫狗鍊的規定，這只算是個小過失，而且身爲主人之一的你也已經準備要付罰鍰，帶牠回家。放學後，去醫院找你媽，拿到錢之後就去法院，我會在那裡跟你碰面。」

「謝謝你，西奧。洛奇會在那裡嗎？」

「不，洛奇會待在收容所，你和你媽晚一點就可以去接牠。」

「爲什麼不能從法院帶牠回家？」她問。

西奧常常覺得他朋友們那些荒謬的問題很神奇。動物法庭是所有法庭中最低階的一種，暱稱「貓咪法庭」，在司法系統中，它幾乎被當成一個沒人想要的拖油瓶。負責的那位法官待過鎮上每一家事務所，然後被炒魷魚。他總是穿著牛仔褲和戰鬥靴，彷彿覺得如此低階的職位對他是種侮辱。照規定，任何當事人都不需要律師，可以帶著闖禍的動物自己出庭。大部分的律師都會盡量迴避貓咪法庭，畢竟去那裡實在有失尊嚴啊。小小公聽會在法院的地下室舉行，離主流法庭遠遠的。

荷莉難道眞的以爲會有人員每天下午拉著一群繫上鍊子、戴著口罩的貓狗去法庭接受審理，然後就直接交由主人帶回？刑事被告會被帶出牢房，在等候區等待傳喚上庭，但那可不包括阿貓阿狗們。

西奧差點沒酸她幾句，但他忍住了，只是微笑地告訴荷莉（現在的她看起來更可愛了）：「眞抱歉，荷莉，不過事情不是這樣的。要等到晚上，洛奇才能安全地回家團圓。」

「謝謝你，西奧。你最棒了。」

如果是往常，荷莉那幾句話一定會在西奧的耳朵裡迴盪，讓他久久不能自已，但今天不是普通日子，西奧滿腦子都是達菲案。艾克在法庭旁聽，而西奧整個下午不斷傳簡訊給他。

西奧：你在嗎？請給我最新消息。

艾克：在樓上。人超多的。檢方兩點結束，幹得不錯，指出離婚和高爾夫球球友等疑點。

西奧：證據夠嗎？

艾克：有這些傢伙在，不可能的。除非……

西奧：你有什麼計畫嗎？

艾克：還在想。你要來嗎？

西奧：也許會。進行到哪裡了？

艾克：辯方第一個證人，達菲的生意夥伴。無聊透了。

西奧：得走了。化學課。拜啦。

艾克：我希望你能拿A，好嗎？

西奧：沒問題。

雖然在斯托騰堡的律師眼中，動物法庭的地位實在不怎麼樣，但這個法庭幾乎沒有無聊的時候。現在這個案子的主角是一條名叫赫曼的蟒蛇，顯然赫曼擁有逃脫的天分。牠的主人大概三十出頭，看起來很龐克，刺青蔓延到脖子上。假如他們住在鄉下或是比較偏遠的地方，那麼赫曼想怎麼探險大概都不成問題，但他們不是住在高級住宅區，而是在城裡一處擠滿房客的公寓裡。某天清晨，鄰居想弄點燕麥片當早餐，一走進廚房卻看到赫曼在地板上橫行，他受到的驚嚇可想而知。

這位鄰居大叔氣急敗壞，赫曼的主人也義憤塡膺，場面極爲緊張。西奧和荷莉坐在折疊椅上，他們是這間小小法庭裡唯二的兩名聽眾。就算是布恩&布恩事務所的圖書館也比這裡大，比這裡舒適。

赫曼也出庭了，牠被關在一個巨型鐵籠裡，盤據在長椅的一端，葉克法官很謹愼地瞄著這名離他不遠的被告。法庭裡另一個行政人員是一位上了年紀的書記官，她在此工作多年，號稱是整棟大樓脾氣最壞的老太婆。她不想跟赫曼建立任何關係，儘管已瑟縮在法庭最遠的角落，仍然看起來驚恐萬分。

「庭上，你覺得這樣沒問題嗎？」鄰居說：「和這玩意兒住在同一棟大樓，不知道牠什麼時候會在你睡得正熟時鑽進被窩。」

「赫曼不會咬人，」牠的主人說：「完全溫馴無害。」

「無害？不會讓人心臟病發嗎？庭上，這實在太離譜了，你一定要保護我們啊。」

「牠看起來並不溫馴。」法官說，所有目光都集中在赫曼身上。赫曼顯然正在籠子裡睡得香甜，盤繞在假樹根上，動也不動，對這場進行中的審判絲毫不感興趣。

「就紅尾蟒而言，牠的體型算大的吧？」葉克法官問，似乎已經受夠了紅尾蟒。

「二十六公尺長，我敢說是數一數二的。」赫曼的主人驕傲地說：「赫曼是比較大隻的。」

「你的公寓裡，還有養其他的蛇嗎？」法官問。

「有好幾條。」

「總共有幾條？」

「四條。」

「噢，我的媽呀。」鄰居說，他看起來快昏倒了。

「全是蟒蛇？」法官問。

「三條蟒蛇，一條王蛇。」

「可以說說看爲什麼養那麼多蛇嗎？」

赫曼的主人挪動了一下身體，聳聳肩說：「有的人喜歡鸚鵡，有的人喜歡沙鼠，或是貓啊、狗啊、馬啊、山羊啊。我呢，就是喜歡蛇，牠們是很好的寵物。」

「好寵物個頭。」鄰居恨得牙癢癢。

「這是你的蛇第一次跑出去嗎？」法官問。

「是。」主人說。

「才不是。」鄰居說。

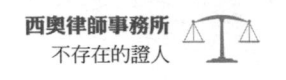

「好，那事情很明顯了。」

儘管案情高潮迭起，西奧卻無法專心傾聽赫曼和牠的大麻煩。有兩件事讓他一直分心，最明顯的是荷莉坐得離他好近，這是西奧生命中最美好的時刻之一；即便如此，一想到胡立歐表哥的事，還是讓他心頭烏雲罩頂。

同一時間，謀殺案的審判也在快速進行中，檢方和辯方對相關證人的質詢很快就要結束了，接著甘崔法官將會把案子交由陪審團做決定，時間一分一秒地過去。

「庭上，你一定要保護我們啊。」鄰居又說了一次。

「你到底想要我怎麼做？」法官口氣很衝，他快要失去耐心了。

「不能把那條蛇處理掉嗎？」

「你想要我判赫曼死刑？」

「對啊，我們大樓裡還住著孩子呢。」

「那似乎過於嚴厲了。」法官說，他很明顯不想將赫曼處死。

「拜託！」赫曼主人嫌惡地說：「牠從來不曾傷害過任何人。」

「你能保證讓你的蛇都乖乖待在家裡嗎？」法官問。

「我保證。」

「那就這麼做好了。」法官說：「帶赫曼回家去，我再也不想看到牠。收容所沒有牠容身之處，我們也不想留牠。收容所沒有半個人喜歡赫曼，懂了嗎？」

「大概吧。」赫曼的主人說。

「如果赫曼之後又偷溜出來，或是你養的蛇出現在你家以外的地方，那我就別無選擇，只好派人把牠們全部處理掉了。明白嗎？」

「是，庭上。我保證絕對不會。」

「我買了一把斧頭。」鄰居怒氣沖沖地說：「有長握柄的斧頭，在『家庭倉庫』買的，花了我二十大洋。」他氣憤地指著赫曼說：「只要讓我看到那傢伙，或是其他的蛇，不論是在我家，還是其他地方，我就……不用勞煩法官大人出馬！」

「冷靜點。」

「我發誓會宰了牠！這次就不該放過牠，只是我當時來不及想，而且手邊沒有斧頭。」

「夠了。」法官說：「現在宣布散會。」

赫曼的主人衝到前方，輕輕地從長椅上提起籠子，赫曼一點也不驚慌，對這場生死攸關的辯論也沒啥興趣。鄰居氣鼓鼓地踱步離開法庭，赫曼和主人停留了一會兒，也離開了。

大門砰的關上之後，書記官才鬆了口氣，回到長椅旁邊的位子坐下。法官看一看文件，然後抬頭看著西奧和荷莉。此時法庭裡也沒有別人了。

「小布恩先生，你好呀。」法官說。

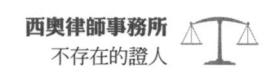

「午安，庭上。」西奧說。

「你上法庭有什麼事嗎？」

「是，庭上。我們要領回一隻狗。」

法官拿起一張紙，那是他的議事紀錄表。「是洛奇嗎？」他問。

「是，庭上。」

「很好，你們可以過來了。」

西奧和荷莉經過小小旋轉門，走向前方唯一的桌子。西奧告訴荷莉該坐在哪裡，他自己則站在一旁，彷彿是一名眞正的律師。

「開庭。」法官宣布，他顯然覺得很有意思，而且完全明白小布恩先生正盡全力在他可愛的小客戶面前留下最佳印象。葉克法官微笑地回想西奧頭一次出現在動物法庭的模樣，當時他激動地想拯救那隻流浪的米克斯犬，後來還把那隻狗帶回家，取名爲法官。

「好的，庭上。」西奧的開場很得宜，「洛奇是一隻小型的德國獵犬，登記在華特．克修先生名下，目前他人出差在外。他的妻子，菲莉絲．克修女士是一位小兒科醫生，也因故無法前來。我的當事人是他們的女兒，荷莉，她跟我上同一所中學，現在是八年級生。」西奧對著荷莉比了一下，雖然荷莉嚇壞了，但她對西奧有信心，她相信西奧知道自己在做什麼。

法官對荷莉微微笑，然後說：「這是第二次逃脫嘍。」

「是，庭上。」西奧說：「第一次是在四個月前，當時克修先生曾經前往收容所處理相關事務。」

「所以洛奇還在保釋期間？」

「是，庭上。」

「我們不能否認，洛奇的確不太乖吧。」

「是，庭上，但我在此要求免除罰鍰和洛奇的住宿費。」

「理由是……？」

「庭上，飼主採取了所有必要措施防止他們的狗逃脫，這次也是。洛奇一如往常被關在安全的地方，房子上鎖了，警報設定了，通往後院的門也關上了，他們已經盡全力防範。洛奇的脾氣不太好，沒人陪伴的時候就容易生氣，每次出門，牠也老是想跑走。這些牠的主人都很清楚，他們並沒有疏忽。」

葉克法官拿下眼鏡，邊咬著鏡架的一端邊思考，然後問說：「是真的嗎？荷莉？」

「噢，是的，庭上。我們真的都很擔心洛奇會偷溜出去。」

「庭上，這是隻非常聰明的狗。」西奧說：「牠不知道用什麼辦法先從洗衣間的寵物門逃脫，到了後院又挖了個洞，自己穿越籬笆。」

「萬一牠再犯呢？」

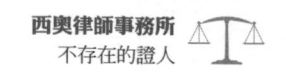

「牠的飼主決定要強化保全，庭上。」

「那好吧，這次我就免除罰鍰和住宿費。但假設洛奇再犯，我會處以雙倍的罰鍰和費用，明白嗎？」

「是，庭上。」

「現在宣布散會。」

當他們穿越走廊朝一樓的出口前進時，荷莉的手繞過西奧的左手肘，和他手勾手，西奧直覺放慢了步伐。噢，多美好的時刻！「西奧，你眞是一位了不起的律師。」她說。

「不完全是啦，我現在還不是。」

「你爲什麼都不打電話給我呢？」她問。

爲什麼？唔，眞是個好問題。大概是因爲西奧假設荷莉都在忙著跟其他男生聊天吧，她每個月都換新男友。西奧想都沒想過要打電話給她。

「以後我會打電話給你。」他說。其實他知道自己只是說說而已，西奧並不特別想交女朋友，而且如果愛波發現他在追荷莉這種花蝴蝶，肯定會氣壞。

女生的事、謀殺案，還有祕密證人……突然間，生活變得好複雜啊。

第13章

花了好多時間和荷莉道別後，西奧終於回到現實生活。他直奔二樓的旁聽席，在第一排找到艾克。他咻的一下坐在艾克身邊，這時差不多是下午五點鐘。

現在台上的證人是那位保險員。兩年多前，達菲先生跟他買了價值百萬的保險。南斯律師正在引導證人說出整筆交易的過程，他謹慎地指出當時的交易內容包括兩張保單，一張是達菲先生的，另一張是達菲太太的，每張都價值百萬，兩張保單取代了之前原本只有五十萬的壽險，一切都再正常不過了。保險員出面作證，這是很典型的壽險方案，已婚夫妻決定增加彼此的壽險金額，以防對方意外身亡。達菲夫婦雙方都很清楚保險內容，也都有意願提高壽險額度。

辯方律師克利弗·南斯完成質詢之後，達菲先生購買那筆百萬保險金的動機突然變得合情合理。傑克·荷根檢察官進行交互詰問時，使出了一些招數，但都不怎麼管用。保險員的部分結束後，甘崔法官宣布休庭。

西奧看著陪審團魚貫而出，法庭裡的其他人則默默等待。辯方律師團圍繞著彼得·達菲，很有自信地互相握手，交換沾沾自喜的微笑，他們今天又打了一場成果豐碩的勝仗。沒有看到歐馬．奇普的人影。

「我不想在這裡討論。」艾克壓低聲音說：「你可以來我辦公室一趟嗎？」

「好啊。」

「現在可以嗎？」

「嗯，我跟你一起過去。」

十分鐘後，他們已經在艾克的辦公室了，門也上了鎖。艾克打開辦公桌後面的小冰箱說：「這裡有百威啤酒和雪碧。」

「我要百威啤酒。」西奧說。

艾克遞給他一瓶雪碧，然後自顧自地打開百威啤酒易開罐。「你的意見只能當作參考。」艾克說，喝了一口啤酒。

「我猜也是。」

「方案一，你按兵不動。明天是星期五，看來辯方只會進行到下午三點左右，謠傳彼得．達菲會出庭作證，他是最後一個證人。說不定還不到傍晚，案子就會轉給陪審團。如果你什麼都不做，陪審團就會退席到討論室，達成決議。他們可能會判他有罪，或是無罪，也有可能正反意見僵持不下而無法做出判決，成爲一宗懸案。」

這些西奧全都知道，過去五年來，他旁聽的案件遠比艾克多。

他的伯父繼續說：「方案二，你去找那位神祕的證人，試著勸他立刻出庭作證。我不知道甘崔法官遇到這種情形會怎麼處理，我相信他不曾遇過這種事。不過他是個好法官，他會做出正確的決定。」

「那個證人不會出席的，他嚇都嚇壞了。」

「好，那就只好進行第三個方案了。你還是可以去找法官，在不透露證人姓名的前提之下……」

「我不知道他的名字。」

「但你知道他是誰，對吧？」

「對。」

「你知道他住在哪裡嗎？」

「只知道大概的位置，不知道地址。」

「你知道他在哪裡工作嗎？」

「或許吧。」

艾克瞪著他看，又喝了一口啤酒。他用手背抹抹嘴後說：「繼續我剛剛說的，在不透露證人身分的前提下，向法官解釋這場審判少了一位關鍵證人，因此很有可能導致錯誤的判決。可想而知，法官一定會想知道細節，例如他是誰？他在哪裡工作？他是怎麼目擊一切？他究竟看到些什麼？諸如此類。我猜甘崔法官會有一千個問題想要問，而你如果不回答，他可能會生氣。」

「這三個方案我都不喜歡。」西奧說。

「我也是。」

「那我該怎麼辦呢，艾克？」

「別管它了，西奧。別插手這種麻煩事，這不是一個孩子做得來的，就算是大人也都做不來。陪審團將會做出錯誤的判決，但基於現有的證據，也不能怪他們。你知道的，司法體系有時候也會撞牆。看看那些被判死刑的無辜者，再看看那些逍遙法外的罪犯。總是會有誤判的時候，就讓它去吧。」

「但是這個錯誤還沒發生，現在還來得及阻止啊。」

「我不知道能不能阻止，只因為聽說有個祕密證人，就想讓甘崔法官中止這場幾乎要結案的大審判，怎麼想都覺得機會渺茫。那太勉強了，西奧。」

看來的確機會渺茫，西奧不能否認。「我想你是對的。」

「我當然是對的，西奧。你只是個孩子，退出吧。」

「好吧，艾克。」

他們倆看著對方，沉默了一陣子，都在等對方說話。最後艾克說：「答應我，你不會做什麼傻事。」

「比如說？」

「比如說去找甘崔法官。我知道你們倆是好哥兒們。」

又一陣靜默。

「答應我，西奧。」

「我答應你，在採取任何行動之前，我一定會先跟你說。」

「這樣還差不多。」

西奧突然跳了起來。「我得走了，還有一堆功課要做。」

「西班牙文怎樣？」

「很棒啊。」

「我聽說那位老師很不得了，叫做什麼老師來著？」

「莫妮卡老師，她很棒。你怎麼知道……？」

「我很跟得上時代的，西奧。大家都以爲我是那種離群索居的瘋子，錯啦。今年學校開始教中文了嗎？」

「也許在高中部有吧？」

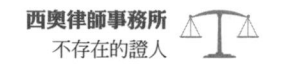

「我覺得你應該開始學中文，自學也好，那是未來的趨勢，西奧。」

西奧再一次覺得很火大，他伯父憑什麼老自以爲是地幫他出主意？根本沒人問他的意見，也壓根兒沒必要。「我會再想想，艾克，不過目前我的功課已經夠重了。」

「我明天可能會去旁聽審判。」艾克說：「今天聽得還滿過癮的。你再傳簡訊給我吧。」

「沒問題，艾克。」

六點出頭，西奧出現在布恩&布恩事務所。這個時間的事務所非常安靜，艾莎、山迪、陶樂絲都離開了。布恩太太這時候在家，不用說，一定是在隨意翻閱另一本難看的小說。她參加了一個讀書會，七點會在艾斯特．高思潔太太家碰面。她們一起用餐、品酒，然後談論那本每月選書以外的任何話題。這個讀書會有十個會員，她們輪流選書。西奧不記得他媽媽喜歡過其中任何一本書，甚至連她自己推薦的也不怎麼樣，每個月她都在抱怨那本她應該讀的書。組這種讀書會還眞奇怪，至少西奧是這麼覺得。

西奧上樓的時候，伍茲．布恩正在塞東西到公事包裡。西奧常常覺得很困惑，他爸爸幹嘛要在公事包裡塞那麼多文件和書，然後還得辛苦拖著這一堆東西回去，彷彿他會在家一直工作到半夜，況且事實也不是那樣。他回家從來不工作，基本上，他碰都不碰公事包，只是把東西放在靠近前門玄關處的一張桌子底下。那包東西就乖乖待在那裡，直到第二天早上，他爸爸才會再提著公事包去喝晨間咖啡，然後去事務所上班，再原封不動把包包裡的東西倒在那張極度混亂的辦公桌上。西奧懷疑，爸爸每天打包的都是同樣的東西，同樣的書、文件、報告。

他注意到律師幾乎走到哪裡都會帶著公事包，也許只有去吃午餐時例外。他媽媽也會拖著公事包回家，但偶爾還會打開來看看裡面的東西。

「今天學校怎麼樣啊？」

「還不錯。」

「太好了。西奧，你媽媽今天晚上得參加讀書會，我等一下也要去看看潘蘭克摩法官。這個老傢伙最近愈來愈憔悴了，我得去陪他幾個小時。看樣子他的日子不多啦。」

「好的，爸。沒問題。」

潘蘭克摩法官至少有九十歲了，全身上下都是病。他是斯托騰堡法律界的傳奇人物，大部分的律師都很崇拜他。

「還有一些吃剩的義大利麵，你可以用微波爐熱來吃。」

「我沒事的，爸，別擔心。我會先在這裡看看書，大概一個小時之後回家，我會照顧好法官的。」

「你確定可以？」

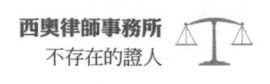

「沒問題。」

西奧走進自己的辦公室，把東西從背包裡拿出來，試著專心寫化學作業。突然，他聽到輕輕的敲門聲。是胡立歐，他這兩天都來找西奧。

「我們可以在外面說嗎？」他很緊張地說。

「進來吧。」西奧說：「大家都離開了，我們可以在裡面談。」

「你確定？」

「對。有什麼事？」

胡立歐坐了下來，西奧把門關上。

「一個小時前，我跟我表哥談過了。他非常緊張。今天有警察去高爾夫球場，他想一定是你把事情告訴他們了。」

「拜託，胡立歐，我誰都沒講好嗎？我發誓。」

「那爲什麼警察會找到那裡去？」

「我也不知道，他們要找你表哥嗎？」

「我想沒有。他看到警察就一溜煙跑了。」

「那些警察穿著制服嗎？」

「應該是。」

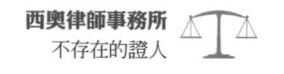

「他們開著警車嗎？」

「應該是。」

「聽著，胡立歐，我跟你保證，我絕對沒告訴警方，而且如果他們想找你表哥談談，就絕對不會穿制服，也不會開著車門上漆著『警察』字樣的車。絕對不可能，他們應該會是穿著一般外套、打著領帶、開著普通車子的警探。」

「你確定？」

「對，我確定。」

「好吧。」

「我想你表哥看到警察一定緊張得要命，對吧？」

「大部分的非法移民都會那樣。」

「我的意思就是要叫你表哥放輕鬆。」

「放輕鬆？每天過著隨時可能被抓的日子，叫他怎麼放輕鬆？」

「嗯，有道理。」

胡立歐還是很緊張，他的眼睛在小房間裡掃射，彷彿怕有人偷聽。接著是一陣尷尬的靜默，他們都在等對方先開口，最後胡立歐說：「還有一件事。」

「什麼事？」

他的雙手顫抖著解開襯衫的釦子，抽出一個透明塑膠袋，是封口袋。他小心翼翼把袋子放在西奧的桌上，好像送禮物似的，然後就再也沒碰它一下。那裡面有兩樣東西，都是白色的，有些磨損，對摺收在袋子裡。

是高爾夫球手套。

「我表哥拿這個給我。」他說：「兩隻高爾夫球手套，是那個走進屋裡的男人的東西，一隻右手、一隻左手，右手這隻還很新，左手那隻比較舊。」

西奧愣愣地看著袋子裡的手套，動彈不得，幾乎無法言語。「他從哪裡找到這……？」

「那個男人走出屋子後，把手套脫下，扔進高爾夫球袋裡。之後他把手套丟到十四號球座附近的垃圾桶，就在飲水機旁邊。我表哥的工作是一天清理兩次垃圾桶。他看到那個男人，而且覺得很奇怪，他竟然把好好的手套丟掉。」

「那個男人有看到他嗎？」

「我想沒有。如果看到的話，他不可能把手套丟著不管。」

「而他說的那個男人，就是謀殺案的嫌犯嗎？」

「對，我想是這樣沒錯。我表哥很肯定，他在電視上看過嫌犯。」

「他爲什麼留著這副手套？」

「在球場上工作的那些男孩本來就會在垃圾桶裡翻找好東西。我表哥拿了這副手套後沒幾天，就開始起疑了。我猜是因爲球場上謠言四起，大家都在談論那個被殺害的女人，所以我表哥把手套藏了起來。現在他嚇得半死，覺得警方在監視他。萬一他們發現他有這副手套，天知道會發生什麼事？他很怕惹上麻煩。」

「警方沒有在監視他。」

「我會告訴他。」

好長一段時間沒人說話，西奧仍然不敢伸手碰那副手套，只是點頭示意。「那我們該拿那東西怎麼辦？」

「我可不要留著它。」

「我就是怕這個。」

「西奧，你知道該怎麼做，對吧？」

「我一點想法都沒有。我現在只是在想，我怎麼會捲入這場風暴？」

「你不能把東西送到警察局嗎？」

西奧咬著嘴唇，硬是把幾句聽起來可能很諷刺或很殘酷或兩者皆是的話給吞下去。胡立歐怎麼能理解這裡的系統運作方式？是啊，胡立歐，我只要跑趟警局，把裝著高爾夫球手套的封口袋交給櫃檯小姐，跟她說，這副手套的主人就是現在被控殺害自己太太的那個好男人，而事實上他眞的是兇手，因爲我，西奧．布恩，知道事情眞相；因爲在因緣際會之下，我曾經和一位沒人知道的關鍵證人談過話，請櫃檯小姐幫幫忙，將這副手套拿去給兇殺組的警探，但千萬別告訴他來源唷。

可憐的胡立歐。

「不，那行不通的，警方會問一大堆問題，你表哥可能會因此惹上麻煩。最好的辦法是你把手套帶走，然後我假裝從來沒見過它。」

「才不要哩，西奧，現在手套是你的了。」一說完，胡立歐馬上起身開門。他踏出門後又轉身說：「別忘了你答應過不會說出去的，西奧。」

西奧在他身後回答：「當然。」

「你發過誓的。」

「當然。」

胡立歐消失在黑暗中。

第14章

法官狼吞虎嚥地吃光一碗義大利麵，不過西奧幾乎沒碰他的那一份。他把碗盤放到洗碗機裡，將門上鎖，然後回到房間。換上睡衣後，他就帶著筆記電腦上床去了。他看到愛波在線上，和她小聊了一會兒，愛波也在床上，不過她把房門鎖上，一如往常。她現在感覺好多了，她和媽媽一起出門吃披薩，甚至還一起哈哈大笑。她們猜她爸爸出城去了，這樣總是能讓母女倆的生活變得容易許多。西奧和愛波互道晚安後，他關上電腦，找了一本最新的《運動插畫誌》，卻發現自己看不下去，無法專心。儘管他現在既擔憂又害怕，卻因爲前一晚沒怎麼睡，於是很快就開始打盹。

布恩先生先回到家，他爬上樓，打開西奧的房門。門照例發出嘎吱聲，他打開燈，微笑地看著兒子睡得正安詳的模樣。「晚安，西奧。」他悄聲說，隨即關上燈。

關門的聲音吵醒了西奧，不到幾秒鐘，躺在床上的西奧，睜大眼睛瞪著漆黑的天花板，他開始思考那副藏在他辦公室裡的手套。艾克要他退出的建議實在是大錯特錯，竟然要他漠視目擊者存在的事實，沉默地看著司法系統誤入歧路。

然而，西奧是個守信用的人，他已經答應了胡立歐和他表哥絕不會洩漏他們的祕密。假設他打破承諾呢？假設他明天一早就走進甘崔法官辦公室，把手套丟到他桌上，再將一切全盤托出？胡立歐的表哥會變成箭靶，傑克．荷根檢察官和警方肯定會追到天涯海角，然後將他拖去關起來。他的證詞絕對能讓檢方鹹魚翻身，法官會宣告之前的審判無效，另外安排重新開庭的時間。平面和電視網路媒體都會大肆報導，胡立歐的表哥將被吹捧成英雄人物，但他也會因爲非法移民的身分被送入牢裡。

難道這位祕密證人不能跟警方和檢方達成某種協議嗎？難道他們不能對他網開一面，因爲他們需要這位證人嗎？西奧不知道，或許會，或許不會，但那實在太冒險了。

接著他想到達菲太太。在他檔案夾的剪報裡，有一張達菲太太的照片。她長得很好看，一頭金髮，配上深色的眼睛和完美的牙齒。他想像她在生命的最後那幾秒所經歷的恐懼——她發現自己的丈夫戴著高爾夫球手套，不是因爲什麼有的沒的瑣事回家一趟，竟然是爲了要掐住她的脖子。

西奧的內心奔馳著，他把床單和被子都推到一旁，坐到床邊。達菲太太只比媽媽年輕幾歲，如果是自己的媽媽遭受如此兇殘的攻擊，他做何感想？

如果陪審團決定讓達菲先生無罪開釋，殺人犯就逍遙法外了。而且，他永遠不會再以同樣的罪名遭到起訴，西奧很清楚法律上禁止重複控告的規定。既然沒有其他嫌犯，這宗謀殺案將成爲永遠的懸案。

達菲先生會取得那一百萬美元的保險金，花更多時間玩高爾夫球，說不定還會再娶個年輕漂亮的老婆。

西奧縮回被子裡，試著閉上眼睛。他有個點子，審判結束後，當達菲先生無罪開釋、離開法庭之後，或許過幾個禮拜，還是幾個月，再以匿名的方式把手套寄給達菲先生，附上紙條寫著：「我們知道人是你殺的，我們正在監視你的一舉一動。」

但這麼做有什麼用呢？他不知道。又是個笨主意。

他的思緒愈來愈分散。兇案現場沒有血跡，對吧？所以手套檢測不出血液反應。那毛髮呢？說不定會有一小截達菲太太的毛髮附著在上面。她不是留短髮，她的長髮及肩。西奧之前不敢打開塑膠袋來看，他還沒碰過那副手套，當然不會知道上面有什麼。如果有一根頭髮，就能當作達菲先生犯案的鐵證了。

西奧試著把心思放在他之前在動物法庭上的表現。他是怎麼代表他的當事人，同時也是潛在女友荷莉獲得輝煌的勝利？他的思緒一再轉回犯罪現場；最後他終於停止輾轉反側，進入夢鄉。

瑪伽拉·布恩剛好在十一點前到家，她打開冰箱，想看看西奧吃了什麼當晚餐。她打開洗碗機，確認一切都整理妥當。她跟正在起居室裡看書的伍茲聊了一下，然後爬上樓看西奧。在一個小時內，西奧又被吵醒一次。不過當他聽到媽媽的腳步聲時，就假裝睡著，讓睡前儀式順利進行。媽媽沒有開燈，她從來不那麼做，只是親吻西奧的前額，悄聲說：「媽媽愛你，泰迪。」然後離開房間。

一個小時後，西奧完全醒了，他開始擔心起藏手套的地方到底安不安全。

手機的鬧鐘設定在六點三十分響起，西奧不確定自己究竟是睡著、醒著，還是在半夢半醒之間；他也不確定這一整夜到底有沒有睡著過。雖然他現在很清醒，卻很疲倦，而且想到又要面對長長的一天，就覺得心情很差。他心裡的重擔，對任何一個十三歲孩子來說，都不太尋常。

西奧的媽媽站在爐子前，正在煎臘腸和烤煎餅，眞是個罕見的畫面，每年大概只會發生兩次。換做平時，西奧早就飢腸轆轆，準備大快朵頤了，但今天的他完全沒胃口，卻又不忍心告訴媽媽。

「睡得好嗎，泰迪？」媽媽親了親西奧的臉頰。

「不是很好。」他回答。

「怎麼會沒睡好呢？你看起來很累，生病了嗎？」

「我沒事。」

「你需要喝點柳橙汁，在冰箱。」

他們圍繞著早報用餐。「看樣子審判快結束了。」媽媽說，她的眼鏡架在鼻梁上。星期五早上，她會先去美容院做指甲，所以現在還沒把睡袍換下。

「我最近沒在注意了。」

「我才不信。你的眼睛紅紅的，西奧，你看起來很累耶。」

「我說了我沒睡好啊。」

「為什麼呢？」

為什麼呢？因為爸爸十點把我吵醒，而你十一點把我吵醒啊。但西奧知道不能怪爸媽，他是因為別的理由失眠。「因為今天要考試。」他說，這也是眞的。卡曼老師威脅他們要來個幾何學小考。

「你沒問題的。」說完她就繼續看報紙。「快吃臘腸吧。」

西奧試著吞下一些煎餅和臘腸，好讓媽媽高興。他謝謝媽媽準備的豐盛早餐，也很快地祝媽媽有個美好的一天，然後跟她說再見，摸摸法官的頭，跳上腳踏車離去。十分鐘後，西奧飛奔到艾克的辦公室，壞脾氣的伯父正在等候這兩天來第二次的晨間聚會。

週五早晨的艾克看起來更邋遢了。他的眼睛又紅又腫，比西奧還嚴重，而且頂著一頭蓬亂的灰髮。「你最好是有什麼重要的事要說。」他低吼著。

「是很重要。」西奧站在桌子前說。

「坐下吧。」

「我寧願站著。」

「好，究竟是什麼事？」

西奧開始說胡立歐的事，以及塑膠袋裡的東西。現在那副高爾夫球手套正夾在某份古老的離婚卷宗裡，收在某個古老的檔案櫃，祕密藏身在布恩&布恩事務所那個幾百年沒人去過的地下室。他鉅細靡遺交代一切，當然除了胡立歐和他表哥的真實身分之外。幾分鐘後，他的故事說完了。

艾克很專心地聽他說，時而抓抓鬍子，拿下眼鏡，揉揉眼睛，喝口咖啡。故事說完後，艾克只吐出幾個字：「難以置信。」

「艾克，我們該怎麼做？」西奧急切地問著。

「我不知道。手套交給刑事組化驗後，可能會發現微小的皮膚組織樣本、達菲太太的皮膚或毛髮，甚至可能化驗得出達菲先生汗液裡的 DNA。」

西奧沒想到達菲先生這部分。

「手套可能是關鍵證物。」艾克搔搔鬍子，邊思考邊推論。

「我們不能就這樣坐視不管啊，艾克。拜託。」

「你為什麼把手套收下？」

「呃，其實不是我把手套收下，比較像是我朋友留下手套就走人了。他很害怕，他的表哥也很害怕，我也是。我們該怎麼辦？」

艾克站起來，伸展一下身子，又灌了一口咖啡。「你要去學校嗎？」

「現在是星期五早上，還能去什麼別的地方嗎？」「當然，我已經遲到了。」

「那快去吧。我會到法院旁聽，也會想個方法，再傳簡訊給你。」

「謝謝你，艾克。你最厲害了。」

「這我就不知道了。」

西奧走進教室的時候，早自習已經開始五分鐘了，不過蒙特老師的心情不錯，而且班上同學也還沒完全安靜下來。蒙特老師一看到西奧，就把他拉到一旁說：「那個……西奧，我想請你跟大家說明一下審判的最新發展，就等一下，上公民課的時候。」

西奧現在最不想做的事，就是談論那場審判，不過他沒辦法對蒙特老師坦白。更何況蒙特老師每逢週五準備教材都會有些鬆懈，這是大家都知道的事，他需要西奧伸出援手。

「沒問題。」西奧說。

「謝啦。只要最新進展就好，十五分鐘左右。今天要交由陪審團判決，對吧？」

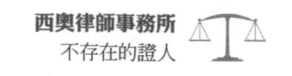

「大概是吧。」

西奧坐下後，蒙特老師敲敲桌子，開始點名。接著他宣布注意事項，進行早自習的固定流程。第一節課鐘聲響起時，全班同學都往門口擠，一個叫做伍迪的同學跟在西奧後面到了大廳，在置物櫃旁一把抓住他。一看他的神情，就知道事情不妙。

「西奧，我需要幫忙。」伍迪低聲說，一邊東張西望。伍迪的家庭狀況一團糟，他的父母之前各自有過一、兩次婚姻，他們都不太管小孩的事。伍迪在一個很亂的地下樂團玩電吉他。他會抽菸，打扮得像個蹺家小孩，據說他的臀部上還有個小刺青。西奧和其他男生一樣，對那個刺青很好奇，卻沒興趣去確認謠言的真實性。即便有這麼多讓人分心的事，伍迪的平均成績都維持在B。

「怎麼了？」西奧問，儘管他很想告訴伍迪，現在要求免費的法律諮詢實在不是個好時機。西奧自己的煩惱就夠多了。

「你可以保密吧？」伍迪問。

「當然。」太好了，又一個祕密，還真是西奧需要的呢。

荷莉經過他們身邊。她放慢腳步，對西奧綻放一個迷人的微笑，不過她知道西奧正在忙，於是離開了。

「西奧，昨天晚上，我哥被抓了。」伍迪的眼眶泛紅。「警察三更半夜找到我家，把我哥銬上手銬帶走。實在很可怕，我哥被關起來了。」

「罪名是……？」

「毒品。持有毒品，可能也有販賣。」

「持有和販賣毒品，差異很大。」

「你能幫我們嗎？」

「很難說。你哥多大了？」

「十七歲。」

西奧聽說過伍迪的哥哥，他名聲不太好。「是初犯嗎？」西奧問，心裡猜想應該不是吧。

「他去年就因爲持有毒品被抓過，那時候是初犯，被警告過了。」

「你爸媽得去找律師幫忙，伍迪，就這麼簡單。」

「沒有什麼事是簡單的。我爸媽沒那個錢，即使他們有，也不會花在這上面。西奧，我們家的小孩和大人的關係很糟，現在是處在誓不兩立的狀態。我繼父因爲毒品這件事，早就跟我哥大吵過好多次，他說了不知道幾百遍，如果我哥被逮到，他絕對不會出手幫忙。」

鈴聲響了，大廳現在空無一人。

西奧說：「知道了，下課的時候來找我。可能沒什麼具體的建議，但我會盡力。」

「謝謝你，西奧。」

他們擠進莫妮卡老師的教室。西奧到自己的位子坐定，一打開書包，才想起他忘了寫功課。在那個當下，他眞的不在乎；在那個當下，他很感謝自己住在一個安靜舒適的家，有很棒的父母，他們說話幾乎不會大小聲。可憐的伍迪。

接下來，他想起那副手套。

第15章

幾何學進行到一半，卡曼老師仍不斷暗示大家要隨堂考，西奧則盯著牆壁看，試著保持清醒。突然間，教室門上方的對講機響起，全班同學都嚇了一大跳。

「卡曼老師，西奧．布恩在嗎？」那是葛洛莉雅小姐的尖銳嗓音，她是學校的專任祕書。

「西奧在這裡。」卡曼老師回答。

「請叫他現在下來，他今天要提早離開。」

西奧抓著他的東西一把塞進背包。他匆匆忙忙走向門口時，卡曼老師說：「西奧，如果我們等一下有隨堂測驗，你可以星期一再補考。」

哈，真感謝您的「恩惠」啊，西奧心裡想。但他只是說：「我很期待。」

「週末愉快，西奧。」老師說。

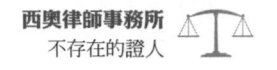

「週末愉快。」

不一會兒，西奧就到大廳了。他在想是誰要帶他離開，理由是什麼。或許是他媽媽，大概是太擔心他雙眼泛紅、一臉疲倦的模樣，所以決定帶他去看醫生。不過這可能性很低，他媽媽不是那種會反應過度的人，通常她的原則是，除非西奧已經半死不活，否則絕對不找醫生。或許是他爸爸三思過後，決定讓西奧去看最後一天的審判。這可能性也很低，畢竟伍茲．布恩這個人總是活在自己的世界裡。

或許是更糟的情況。某個人透過某種方法舉發他，而警方正拿著搜索狀，等西奧帶他們去取回手套。所有祕密都會被揭露，而他西奧．布恩的麻煩大了。

他放慢腳步，在大廳轉彎處有一扇大窗戶，他從那裡偷偷瞥了一眼學校前庭。沒有警車，沒有麻煩的跡象，他繼續往前走，愈走愈慢。

原來是艾克。西奧走進接待室的時候，他正在跟葛洛莉雅小姐聊天。

「這位先生說他是你的伯父。」葛洛莉雅小姐微笑著。

「是這樣沒錯。」西奧說。

「你要去威克堡參加一場喪禮嗎？」

艾克用眼神示意：「快說對。」西奧只遲疑一秒，就點頭說：「我最討厭喪禮了。」

「不會再回學校了？」她邊說邊伸手拿檔案夾。

「不了，喪禮一點半開始。」艾克說：「這樣一天就沒啦。」

「在這裡簽名。」她說。

西奧簽完名後，他們離開校園。艾克開著一輛英國凱旋賽車，只有兩個座位的那種，車齡至少三十歲，一看就知道它這輩子過得很坎坷，就像艾克生命中的其他東西一樣。這輛車的老骨頭幾乎快散了，還能跑就是萬幸啦。

離開學校後，他們沒有交談，直到西奧說：「參加喪禮是吧？這招真不錯。」

「有效就好。」

「那我們現在要去哪兒？」

「既然你找我幫忙，我的建議就是去布恩&布恩事務所，把你爸媽丟到一個房間裡，告訴他們所有的事。」

西奧深深吸了一口氣，他沒什麼好反對的。現在這個狀況對他來說實在太複雜了。

他們衝進事務所的時候，艾莎嚇了一跳。她立刻站起來說：「發生了什麼事？」

「艾莎，早安啊。」艾克說：「你看起來跟往常一樣充滿異國風情呢。」艾莎穿著像南瓜一樣的橙色毛衣，配上同色系的眼鏡和口紅。

她假裝沒聽到艾克的話，看著西奧說：「這個時間你在這裡做什麼？」

「我是來參加喪禮的。」西奧說完，就往圖書室走去。

「可以幫忙叫一下伍茲和瑪伽拉嗎？」艾克說：「我們要在圖書室開家庭會議。」

平時的艾莎不會任憑他人使喚，但她知道現在情況嚴重。好險布恩太太還在辦公室裡，今天沒有客戶，布恩先生則在樓上辦公桌埋頭苦幹。他們一前一後、匆匆忙忙走進圖書室。艾克一關上門，布恩太太就看著西奧說：「你沒事吧？」布恩先生也看著西奧說：「這是怎麼回事？你不是在上學嗎？」

「別緊張。」艾克說：「大家先坐下，我們來好好聊聊。」西奧的爸媽雙眼都緊盯著西奧，彷彿他犯了什麼罪似的。

「好。」艾克繼續說：「那我先說好了，然後我會閉嘴讓西奧說。星期三那天，就是兩天前，西奧和他在學校的一個朋友小聊了一下，他們愈聊愈多，在聊天的過程中，西奧發現了一些重要訊息，可能會強烈衝擊達菲案。簡單地說，外頭有個目擊證人，沒有人知道他的存在，警方、檢方，甚至辯方律師，沒半個人知道，除了西奧和他的朋友。西奧不知道該怎麼辦，所以去找我，我也不知道該怎麼辦，所以我們到這裡來啦。」

「你怎麼不跟我們說？」布恩先生問得很急。

「他現在正要說啊。」艾克也不遑多讓。

「我那時候嚇壞了。」西奧說：「現在也還是很害怕，而且我答應我朋友不能說。」

「那個證人知道些什麼？」布恩先生問。

西奧看著艾克，艾克也看著西奧。艾克用眼神示意著：「說吧。」西奧清清喉嚨，看著他媽媽說：「案子發生時，這個證人就在達菲家附近的林子裡。他看到達菲先生把高爾夫球車停好，脫了鞋子，戴上右手手套，走進屋裡，沒幾分鐘又走了出來。那正是命案發生的時間。達菲先生穿上鞋子，把高爾夫球手套塞進袋子裡，然後快速開車離開，假裝什麼事都沒發生。」

「你怎麼知道那就是命案發生的時候？」布恩太太問。

「法醫鑑定死者大概是中午十一點四十五分左右身亡，這個證人在十一點半開始吃午餐，命案發生時，他正在用餐。」

「達菲先生完全沒發現有人在看他？」布恩先生說。

「沒有，因爲這個證人躲在林子裡吃午餐。他在高爾夫球場工作。」

「你知道他的名字嗎？」布恩太太問。

「不知道，不過我知道他是誰。」

「你跟他談過了嗎？」布恩先生問。

「談過了。」

「你們在哪裡碰面的？」布恩太太問。

西奧覺得自己像是法庭上的證人，正遭受猛烈的交互詰問。他猶豫了一下，艾克幫忙插話：「他希望不要透露那名證人或是他朋友的名字。如果你們這樣問下去，就沒辦法替他們保密了。」

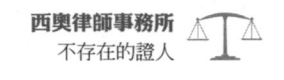

「我發過誓。」西奧懇求著，「事實上，我發過誓不能對任何人吐露一個字，可是我眞的不知道該怎麼辦。」

「所以他先來找我。」艾克說：「希望我給點意見。他不想去煩你們，不過事情不只是這樣，是吧，西奧？」

爸媽同時生氣地瞪著他，西奧在椅子上不安地扭動，手指在橡木長桌上彈著。

「繼續吧，西奧。」艾克說。

西奧對他們說出手套的事。

他說完之後，布恩太太問：「現在手套在你那裡？」

「是。」

「在哪裡？」

「在樓下，藏在一箱離婚文件夾後面。」

「樓下？在這裡？在我們事務所裡？」

「是，媽媽。這裡，就在我們下面。」

布恩先生吹了一聲口哨，然後說：「噢，我的天啊。」

圖書室裡一片沉默，四個布恩家人正在思索整件事，想試著找出什麼法條或程序能適用於這件不尋常的案子。西奧說了比他原本想說的還多，但他覺得如釋重負，至少現在有人分攤他的重擔了。他爸媽知道該怎麼做，艾克也會提供意見，這三個大人一定會有辦法。

「報上說，今天就會結案了。」布恩太太說。

「我剛剛離開法庭。」艾克說：「達菲先生下午會出庭作證，他是最後一個證人。做完最後陳述，就輪到陪審團了。」

「咖啡廳的八卦是說，甘崔法官明天會開庭，等陪審團做出判決。」布恩先生說。

「在星期六開庭？」

「謠言是這麼傳的。」

他們的談話又停頓了好一會。布恩太太看著兒子說：「那麼，西奧，現在這個節骨眼，你希望我們怎麼做呢？」

西奧本來希望大人們會知道該怎麼做。他不安地扭動了一下，然後說：「我覺得最好的辦法，就是去告訴甘崔法官這整件事。」

「我贊成。」她嘴角帶著微笑。

「我也是。」艾克說。

西奧一點也不驚訝他爸爸會反對。「我們告訴甘崔法官之後，萬一他堅持要西奧透露證人的姓名或身分，而西奧又拒絕回答呢？接下來會發生什麼事？甘崔法官很有可能會認定西奧藐視法庭。」

「那是什麼意思？」西奧脫口而出。

「意思是你有麻煩了。」他爸爸回答。

「意思是他會把你丟入大牢，直到你從實招來。」艾克猙獰地咧嘴一笑，卻好像自以爲很幽默。

「我不想坐牢。」西奧說。

「你太誇張了，伍茲。」布恩太太說：「亨利．甘崔怎麼可能認定西奧藐視法庭。」

「這很難說。」伍茲反擊地說：「如果有一名關鍵證人的證詞可能扭轉判決結果，而且有這麼一個人認識這名證人，那個人就是西奧，但他卻拒絕服從法官的命令，這樣的確有可能觸怒法官，那一點也不能怪甘崔。」

「我眞的不想坐牢。」西奧說。

「你不會坐牢的。」布恩太太說：「沒有一位心智正常的法官，會把一個無辜的十三歲少年關入大牢。」

又是一陣沉默。

最後布恩先生說：「西奧，如果證人的身分被揭發，會發生什麼事？」

「爸，他是非法移民，他不應該在這裡的，而且他嚇得半死。如果警方知道他的名字後去找到他，他會被關起來，那都是我的錯。如果警方沒抓到他，他就會消失無蹤。」

「那就別告訴我們他是誰。」布恩太太說。

「媽，謝謝你。我其實並不想說。」

「不要告訴任何人。」

「我知道。但是你們現在已經知道他是非法移民，又知道他在高爾夫球場工作，要找到他就不難了。」

「你是怎麼認識這個人的？」布恩先生問。

「他表弟和我同一所學校，是他先來找我幫忙的。」

「就像學校裡所有的孩子一樣。」艾克說。

「沒有全部，只是大部分啦。」

每個人都深吸一口氣，然後布恩先生微笑地看著西奧說：「是庇護所的家庭對吧？是胡立歐，你的朋友？你教他數學的那個孩子？還有他媽媽，叫什麼名字來著？」

「卡蘿拉。」西奧的媽媽回答。

「對，卡蘿拉。我跟她談過幾次，她有兩個小小孩，還有胡立歐。他們是從薩爾瓦多來的。胡立歐的表哥就是那位神祕證人，是吧，西奧？」

西奧點點頭。是啊，爸，你解開謎題了。西奧覺得這是一種奇怪的解脫，他並沒有背叛信賴他的人，但應該要有人知道眞相。

第16章

西奧跟在爸媽和艾克身後，往法院的方向前進，他突然發覺，這是他第一次不想去那個地方。以前他每次去法院總是很興奮，不論是看到書記官和律師忙著處理重要大事，或是置身於地面鋪著大理石、天頂垂著舊吊燈、牆面掛著作古法官肖像的寬敞大廳。然而那種興奮之情，現在蕩然無存。西奧很擔心接下來要面對的事，他一點都不知道事情會如何發展。

他們大步走到二樓。在緊閉且戒備森嚴的法庭門外，一位名叫斯納格的法警告訴他們，目前審判在進行中，休庭之前都不能進出。他們只好下樓走到令人崇敬的亨利・甘崔法官位於大廳盡頭的辦公室。他的祕書艾瑪・哈迪太太正忙著打字。

「早安，艾瑪。」布恩太太說。

「喔，早安啊，瑪伽拉和伍茲，噢，哈囉，西奧。」哈迪太太拿下眼鏡站起來，顯然並不清楚布恩這一家子爲何突然出現在她辦公桌前。她狐疑地看著艾克，彷彿他們的人生道路曾經在多年前交叉過，但結果並不愉快。艾克穿著牛仔褲、白球鞋和T恤，幸好他還套了一件咖啡色外套，幫自己增添了一點可信度。

「我是艾克．布恩。」他伸出手，「伍茲的哥哥，西奧的伯父，在這裡打轉過的律師。」

哈迪太太勉強擠出一個假意的微笑，裝出她記得這個名字的模樣，和艾克握手。

布恩太太說：「是這樣的，艾瑪，我們有急事要找甘崔法官。我知道他正在開庭，達菲案，我們就是為了那個案子來的。現在要跟他談的事情對案情有重大影響。」

布恩先生插話：「他什麼時候會宣布讓大家用餐？」

「通常是中午左右，一如往常。但他今天中午會和律師群一起用餐。」哈迪太太邊說邊看著四張盯著她的臉孔。「你們應該知道，他是個超級大忙人。」

西奧看著她身後那面牆上的大鐘，現在是十一點十分。

「情勢緊急，我們必須盡快見他一面。」布恩太太說，但西奧覺得這麼說有點過於強勢。不過他媽媽是離婚訴訟律師，本來就不是以膽怯聞名。

但這裡是哈迪太太的地盤，她也絲毫不容許別人指使她。「喔，如果你們能先說是什麼事，或許我能幫上忙。」

「我想我們恐怕無可奉告。」布恩先生皺著眉頭說。

「我們是真的不能說啊，艾瑪，真的很抱歉。」布恩太太加了一句。

法官的辦公室裡有幾張椅子，就在眾多作古法官肖像的下方。哈迪太太比著後面的椅子說：「你們可以先坐一下，法官一宣布休庭，我就去跟他報告。」

「謝謝你，艾瑪。」布恩太太說。

「謝謝。」布恩先生說。

每個人都鬆了一口氣，臉上掛著微笑，布恩家人撤退了。

「西奧，你怎麼沒去上學？」哈迪太太問。

「說來話長。」他說：「我之後會告訴你的。」

四個布恩家人坐了下來，才不過十五秒，艾克就說要離開一下，咕噥著要去抽根菸。布恩太太開始講手機，和艾莎確認辦公室的急事。布恩先生在仔細研讀一份他帶來的資料。

西奧想起伍迪的哥哥被捕的事，於是打開背包，拿出筆記電腦，開始搜尋刑事法庭議事日程表和逮捕記錄。這些資料並未對外公開，不過西奧一如往常使用他家事務所的帳號取得他想要的訊息。

伍迪的哥哥東尼被關在斯托騰堡青少年拘留中心，這個花俏的名字其實就是指未成年罪犯的監牢。東尼因持有大麻且意圖販售而被捕，這個罪名可判高達十年的徒刑。不過他只有十七歲，是未成年嫌犯，很有可能達成這樣的協議——只要他承認犯罪事實，然後在某個少年拘留所待上兩年就可以。當然，這是假設東尼願意認罪的話。如果他不願意認罪，那麼就得冒著被判更長刑期的風險，並且要面對陪審團。被控違反藥品管制條例的青少年，只有不到百分之二的人會上法庭。

如果就像伍迪說的那樣，他的父母和繼父母都拒絕伸出援手，那麼政府就會指派一位公設辯護人⑩給他哥哥。斯托騰堡的公設辯護人都非常專業，他們每天都經手類似的毒品案件。

西奧寫了一封電子郵件給伍迪，簡單扼要地說明情況。他又寄了一封郵件給蒙特老師，告訴他現在自己不在學校，沒辦法上公民課。最後他傳了個簡訊跟愛波打招呼。

牆上的鐘好像凍結了一般，哈迪太太忙著打字，所有已故法官彷彿都低頭看著西奧，臉上沒有一絲微笑，個個道貌岸然、一臉狐疑。他們像是在說：「孩子，你在這裡做什麼？」現在換他爸爸出去了。他爸爸在大廳處理一些重要的房地產案件；媽媽打開電腦，十指在鍵盤上狂亂飛舞，一副面臨危急關頭的模樣；而艾克大概還靠在法院的某扇窗戶旁吞雲吐霧。

西奧溜了出去，到樓上的家事法庭，原本希望能看到珍妮，但是她不在。他又晃到動物法庭，這裡空無一人。他接著爬上三樓，經過一段又黑又暗的樓梯。平常沒有人會走這個樓梯，幾乎沒有人知道它的存在。西奧接著走過三樓光線昏暗的大廳，他的目的地是一個荒廢的房間。那裡原本是縣立法律圖書室，現在則用來儲藏陳年的土地資料和淘汰的電腦，整個房間都塞滿東西，上面鋪了一層厚厚的灰塵。西奧躡手躡腳走過碎磚地，在地上留下腳印。他打開一間小貯藏室的門進去，順手關上門。這個地方黑漆漆的，伸手不見五指，靠近地板處有個閃著亮光的小裂縫，西奧可以從那道裂縫看到樓下的法庭。他居高臨下，就在陪審團的正上方。

西奧是在一年前發現這個視野絕佳的藏身處。當時有一名受害者要出庭作證，她的經歷駭人聽聞，甘崔法官因而下令這場審判不對外公開。她的證詞果真讓西奧很不舒服，他後來不下百次希望自己沒有偷聽那場審判。這個裂縫藏匿在陪審團席上方的一排厚重絨布窗簾裡，法庭的人根本無法察覺。

達菲先生的高爾夫球球友正在作證，雖然不能聽得很清楚，但還是能知道個大概。證人表示，達菲先生打高爾夫球很認眞，多年來都是一個人打球。這種情形並不罕見，很多高爾夫球玩家，尤其是特別認眞的那種，都喜歡自己玩自己的遊戲。

法庭座無虛席，從西奧的角度看不到二樓包廂，不過他猜想那裡應該也擠滿了人。至於達菲先生和他的律師群，他倒是看得一清二楚。達菲先生自信滿滿，似乎很篤定這是場對他有利的審判，陪審團也一定會讓他無罪開釋。

西奧又看了幾分鐘，在律師們開始互相咆哮時，他才從貯藏室溜出來。樓梯走到一半，他發現下方的樓梯轉角處有東西在移動。某個人在下面，躲在陰影中。西奧乍然停住，他嗅到某種燃燒的氣味。那個人在抽菸，這是違反大樓規定的。吐出一大片煙霧後，那個人踏上

⑩「公設辯護人」是指在刑事訴訟案中，被告因為沒有財力選任律師時，可聲請法院指定一位公家的辯護律師為他辯護。

樓梯，是歐馬．奇普。大大的光頭、小小的黑眼睛，再清楚不過了。他抬頭看著西奧，不發一語，然後轉身離去。

西奧不知道自己是被跟蹤了，還是這裡原本就是歐馬．奇普偷偷抽菸的地方，地上到處都是菸屁股，也許還有其他人偷溜到這裡解一下菸癮。但是他心裡有個聲音說，剛剛的相遇絕非巧合。

等到甘崔法官推開辦公室的門，已經將近下午一點。他直接走向布恩一家人，他們的神情就像坐在校長室等候訓斥的調皮學生。他沒穿黑袍或外套，他的白襯衫袖子捲了起來，領帶鬆開，一副拚命工作、壓力過大的模樣。他面無表情，看起來快發火了。

布恩一家人馬上從椅子上彈起來。甘崔法官省略了哈囉之類的招呼語，直接切入主題。「最好是有好消息。」

「很抱歉，甘崔法官。」布恩先生勉強開始發言。「我們了解現在的情況，也知道你現在承受了多大的壓力。」

「眞的很抱歉，亨利。」布恩太太很快地附和。「但這件事眞的很重要，對整場審判會有很大的影響。」

布恩太太以名字稱呼對方，而沒有用法官或更加正式的稱呼，這點成功地緩和了氣氛。

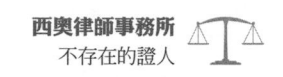

然而不論法官看起來有多惱怒，她心中都沒有絲毫畏懼。

「只要五分鐘。」她邊說邊拿包包。

甘崔法官瞪著西奧，眼睛冒火，彷彿剛槍殺了誰似的。接著他看到艾克，勉強擠出微笑說：「哈囉，艾克。好久不見。」

「的確是很久了，亨利。」艾克說。

微笑倏地消失無蹤。甘崔法官說：「給你們五分鐘。」

他們安靜跟著法官往內走。門關上時，西奧回頭瞥一眼，哈迪太太仍在飛快地打字，似乎對他們接下來要討論的事全無興趣。但西奧猜想，不用半小時，她就什麼都知道了。

四個布恩家人坐到角落那張巨大的長工作桌邊，他們排排坐在同一側，甘崔法官則坐在另一邊。西奧坐在爸媽中間，雖然很緊張，卻也有種安全感。他媽媽率先發言：「亨利，我們有理由相信，米拉．達菲的謀殺案中有一名目擊者，一名藏匿起來的證人，警方、檢方和辯方都沒人知道他的存在。」

「我想問一下，爲什麼西奧也在這裡攪和？」甘崔法官問，他聳起的眉毛抽動著。「他現在不是應該在學校嗎？這實在不是孩子該聽的話題。」

一開始，西奧的確希望自己在學校，而不在這裡。但後來「孩子」這個字眼深深激怒了他。西奧緩緩地說：「甘崔法官，那是因爲我知道證人是誰，而他們不知道。」

甘崔法官雙眼充滿血絲，看起來極度疲倦。他吐了一口氣，既長又深，像是一個輪胎的內胎終於把過多壓力釋放出來那樣。他額頭上一條條深深的皺紋舒展放鬆開來。他問：「那麼艾克，你又扮演什麼角色呢？」

「喔，我只是西奧的法律顧問。」艾克自以為這樣說很幽默，但在場的人都不覺得。

法官停了一下，然後說：「好，我們從頭說起吧。我想知道這位證人說他看到了什麼。誰要發言？」

「我。」西奧說：「但我發過誓，絕不能洩漏他的姓名。」

「你對誰發誓？」

「對證人。」

「所以你跟證人談過了？」

「是，甘崔法官。」

「你相信他說的話？」

「是，我相信他。」

法官又吐了一口氣，再揉揉眼睛。「好，西奧，我聽你說。告訴我發生什麼事吧。」

西奧一五一十地說了。

他說完之後，房裡一片寂靜。甘崔法官緩緩拿起桌上的電話，按了一個鍵，然後說：「哈迪太太，請通知法警我會晚半小時開庭。請陪審團待在房間裡。」

一個清脆的聲音回答：「是，甘崔法官。」

他倒向後方的椅背，四個布恩家人都盯著他看，法官則避開他們的視線。

「所以那副手套在你那裡？」他說，以更低沉、更冷靜的聲音說。

「手套在我們事務所裡。」布恩先生說：「我們很樂意交出來。」

甘崔法官舉起雙手，手心朝前。「不，不用，現在還不是時候；或許晚點，也或許永遠都不用。先讓我想想。」說完他便緩慢起身，往那張偌大無比的桌子後方走去，佇立在房間另一端的窗戶邊。他向外望了一會兒，其實那裡沒什麼好看的。他似乎忘了大廳盡頭有個塞滿人的法庭，所有人都在那裡焦慮地等待他。

「我表現得如何？」西奧悄悄問媽媽。布恩太太微笑著，輕拍西奧的手臂說：「做得好，泰迪。要記得微笑啊。」

甘崔法官回來了，坐在椅子上。法官的目光越過辦公桌，落在西奧身上，他提出了疑問：「這個人爲什麼不願意出來作證？」

西奧猶豫著，他擔心如果說太多，胡立歐的表哥會身分曝光。這時艾克決定介入幫忙。「甘崔法官，那名證人是非法移民，這一帶很多。他現在像是驚弓之鳥，這也是可以想像。只要嗅到一點不對勁，他會立刻逃到暗處，從此消失無蹤。」

「他覺得自己如果出來作證的話，就會被逮捕。」西奧補充。

艾克接著說：「而且西奧答應這個人，絕對不會洩露半個字。」

布恩先生加入說：「但是他覺得有必要讓法庭知道，這場審判遺漏了一位重要證人。」

布恩太太再補充說：「但同時他希望能對證人的身分保密。」

「好了，好了。」甘崔法官說，瞄了手錶一眼。「我現在不能中止審判，差不多是該把案子交給陪審團的時候了。就算這時候出現一個祕密證人，想暫停審判而讓他出庭作證也不容易，更何況並沒有祕密證人，我們有的只是『幽靈』證人。我不能因此喊停。」

這些話在房間裡迴盪，重重落在法官桌上。西奧滿腦子都是達菲先生和他那幫律師得意洋洋、一副篤定脫身的模樣。

「甘崔法官，我可以提個建議嗎？」艾克問。

「當然，艾克。我需要好建議。」

「傳聞說星期六，也就是明天會開庭，等候判決。」

「沒錯。」

「如果就像別的案子那樣，讓陪審團回家休息到下週呢？星期一再請他們回來討論決議？這是一場審判，不是緊急手術，事情沒有那麼緊急吧。」

「那你計畫要怎麼做？」

「還不知道。但這麼一來，我們就有時間思考這名證人的事，或許能想出辦法幫他。我不知道，只是感覺急著做出判決不太好，尤其是一個很可能出錯的判決。」

「出錯？」

「是的。我旁聽了幾場，也觀察過陪審團。這案子一開始就對檢方不利，之後更是每況愈下，看來彼得．達菲能順利脫身。」

甘崔法官微微點頭，像是表示同意，但他什麼也沒說。他開始準備出庭，扣上袖子、調整領帶，往掛著黑袍的門邊走去。

「我會再想想。」最後他說：「謝謝你們的……呃……」

「干擾。」布恩先生笑著說。布恩家人準備起身離開。

「喔，絕不是，伍茲。這個情況很特殊，我從來沒遇過。但話說回來，每個案子本來就都不一樣。謝謝你，西奧。」

「是，甘崔法官。」

「你們要繼續旁聽審判嗎？」

「我們找不到座位。」

「這樣啊，我來想辦法。」

第17章

陪審團就座後，法庭鴉雀無聲，所有視線都射向甘崔法官。法官說：「南斯律師，我想你還有一名證人。」

克利弗．南斯站得直挺挺，很戲劇化地說：「庭上，這名證人就是彼得．達菲本人。」

當被告走向證人席時，全場氣氛突然凝重了起來。經歷四天漫長的審判，被告終於要站上證人席，讓大家聽聽他自己的說詞。然而這麼一來，他也讓自己陷入檢方的質詢中。據西奧所知，百分之六十五的兇殺案，被告都不會出庭作證，他也知道原因。首先，他們通常都不是清白的，恐怕無法安全度過檢方精明又無情的交互詰問；再者，他們通常都有前科，一旦站上證人席，犯罪記錄便會成為被抨擊的工具。每一場審判中，法官都要竭盡所能對陪審團解釋說，被告沒有義務出庭作證，沒有必要發言或為自己找證人。要證明被告有罪，是檢方的責任。

西奧也知道，陪審團對於不願出庭辯白救自己一命的被告，會抱持高度懷疑的態度。至於陪審團是否懷疑彼得．達菲，西奧無從得知。他們小心翼翼地觀察達菲先生走上證人席，舉起右手宣誓所言一切屬實。

多虧甘崔法官幫忙，西奧可以看得一清二楚。他就坐在場邊第二排的位置，在辯方律師後方，右邊坐著艾克，左邊是他爸爸。他媽媽在事務所跟人有約，她說她不能浪費一整個下午旁聽這場審判，儘管其他三個布恩家人都知道她心裡其實很想。

克利弗·南斯清清喉嚨，開始請證人表明身分。這個是出庭的必要程序，但在這個情況下感覺還滿蠢的。法庭內的所有人，不但知道他是誰，還知道一堆他的事。南斯律師開始問一些簡單的問題，他不疾不徐帶出被告的背景，包括達菲先生的家族歷史、所受的教育、從事的工作、生意狀況、沒有前科記錄等等。他們事先不知道排練過多少次，證人對答如流，不時望向陪審團，希望營造輕鬆的氣氛，彷彿是在說：「相信我！」他的外型很好看，穿著一套頗有品味的西裝。但西奧覺得怪怪的，陪審團的五名男性中，倒沒有人穿西裝或打領帶。他曾經讀過一些文章，談論律師與當事人出庭時的穿衣策略。

他們一來一往地問答，終於進入關鍵。南斯律師問起達菲太太那張價值一百萬美元的壽險保單。證人提出解釋，他說自己堅信壽險的重要性，打從年輕時候有了太太和孩子起，他就會存錢爲自己和太太買保險。人壽保險是用來保護家庭的無價之寶，防範無法預測的意外。之後他和第二任太太米拉再婚，他也堅持要買壽險，而米拉也同意。事實上，一百萬的保單還是她提議的，她覺得萬一丈夫發生意外，這樣比較有保障。

雖然達菲先生的態度有些緊繃，但他說話的感覺是可信的。陪審團仔細聆聽，西奧也是，而且他不斷提醒自己，現在上演的是斯托騰堡史上最重大的案件。不只這樣，他今天蹺課了，還具有正當理由。

南斯律師將主題從壽險轉移到達菲先生的事業上，在這個部分，達菲先生表現極佳。他承認某些房地產交易的情況確實不好，銀行的確在催款中，幾個合夥人也已離他而去，他也犯了一些錯誤。他的謙遜態度觸動人心，陪審團很吃這一套。如此一來，他說話的可信度又提高了。但他強烈否認快破產的說法，不假思索地說出一串讓人印象深刻的方案，都是用來拯救他的資產和解決債務問題的方法。

西奧聽不太懂達菲先生提出的某些方案，他懷疑某些陪審團員也摸不著頭緒。但無所謂，克利弗·南斯已經讓他的客戶做好萬全準備。

根據檢方的假設，被告犯案的動機是金錢和貪婪。現在這個說法則顯得愈來愈薄弱。

南斯律師接著轉到讓達菲先生感到棘手的婚姻問題，達菲先生再度得分。他承認他的婚姻狀況一度變得岌岌可危，是的，他們夫妻倆曾經試過婚姻諮商；是的，他們找過幾位離婚訴訟律師；是的，他們爭吵過幾次，但絕對沒有暴力相向。他也承認曾經離家一個月，那段悲慘的時光只是讓他更堅決要重修舊好。達菲太太遇害時，他們已經復合，生活過得很愉快，一同計畫美好的未來。

檢方的假設，再度遭受重擊。

時間緩緩流過，克利弗・南斯引導證人談到高爾夫球，他們在這個主題徘徊許久。眞的太久了，西奧想。達菲先生在他的辯詞中堅稱，他本來就喜歡自己一個人打球，而且這個習慣由來已久。南斯律師拿出一份資料夾對法官說明，上面記載了過去二十年達菲先生的高爾夫球得分記錄。他拿出一張記分卡請證人過目，證實的確是他的打球記錄。那份資料來自加州的高爾夫球場，時間是十四年前。記錄顯示，他獨自打了八十一桿，高於標準桿九桿，沒有別的球友。

接下來是一張又一張計分卡，證詞逐漸演變成巡迴全美的高爾夫球賽。彼得・達菲熱愛高爾夫球！他非常認眞，留下所有記錄，而且總是一個人打球。他解釋，其實他也和朋友一起打球，或是和生意夥伴，有機會甚至會和兒子一起玩球，不過其實他還是最喜歡在空曠的球場上一個人打球。

這場高爾夫球巡迴之旅結束時，無疑的，檢方另一個假設又被擊倒了。要說彼得・達菲策劃這一樁謀殺長達兩年時間，還有他獨自打球是爲了不讓人目擊犯罪，這些假設似乎都太過牽強。

西奧心想，在這個擁擠的法庭中，只有四個人知道眞相——我、艾克、爸爸和彼得・達菲。只有我們知道是達菲先生親手殺了他太太。

艾克心想，這傢伙就要僥倖逃脫了，我們卻一籌莫展。眞是個完美犯罪啊。

伍茲·布恩心想，我們該如何讓那個祕密證人及時出庭作證呢？

最後一張記分卡是案發當日的記錄。達菲先生獨自打了十八桿，高於標準桿六桿，沒有別的球友。話說回來，這張記分卡是由他自己留存的，其眞實性還是具有爭議。

（西奧老早就知道，高爾夫球的得分卡多半不是反映眞實的桿數。）

南斯律師問到謀殺案當天狀況，變得陰沉許多，而他當事人的反應相當得體。達菲先生的聲音變得更沉靜，有些沙啞，談到他太太被殘忍殺害時，聲音聽起來很痛苦。

接下來難道是要痛哭失聲？西奧心裡想著，雖然他也覺得證詞很感人。

彼得·達菲忍著眼淚，完美地詮釋他聽到消息當時的情形。他驚恐地開著高爾夫球車飛奔回家，發現警方已經抵達現場。他太太的遺體在客廳裡，當他親眼看到時，他崩潰了，還好有位警探從旁協助。稍後他還接受醫生檢查，服用了一些藥物。

大騙子！西奧心想，說謊不打草稿！你明明就殺了自己的老婆！有一個目擊證人看到，而且你的手套就在我們事務所裡！

彼得·達菲開始描述那場惡夢。他打電話通知她娘家的人、他自己家人、他們的朋友，並強忍傷痛舉辦喪禮。他住在愛妻遭人謀殺的房子裡，自己面對那種孤寂、空虛感，一邊想著要把房子賣掉，從此離開傷心地，卻仍然每天去探視墓園裡的亡妻。

但接踵而來的，竟是遭人懷疑、指控，然後被起訴、逮捕、送上法庭。世界上怎麼有人會懷疑他殺害了自己深愛的人呢？

最後他崩潰了，勉強控制住自己的情緒，擦乾眼淚，重複著說：「我很抱歉，很抱歉。」好感人的時刻啊。西奧望向陪審團，他們完全被說服了，臉上寫滿同情與信任。達菲先生用眼淚攻勢解救自己，效果奇佳。

當他的當事人試著平復情緒時，克利弗．南斯判斷他們已經贏得夠多分數了。他宣布：「庭上，我的問題到此結束。我們將證人交由檢方詢問。」

傑克．荷根檢察官立刻起身表示：「庭上，可以建議暫時休庭嗎？」休庭就能中止剛剛引起的作用，讓陪審團從那段情緒化的證詞中抽離。畢竟現在已三點半，大家眞的都需要休息一下。

「休息十五分鐘。」甘崔法官說：「等一下我們再進行交互詰問。」

結果十五分鐘變成三十分鐘。艾克說：「他在拖延時間。現在是星期五下午，大家都累了，他會請陪審團先回家，週一再做決議。」伍茲．布恩說：「這很難說。他也很可能在今天下午就進行結案陳述。」

他們聚在大廳出口的自動販賣機附近，其他旁聽民眾也望著牆上的時鐘等待著。這時，歐馬・奇普出現了，似乎是要買東西喝。他投了硬幣，按了選擇鍵，同時瞄著布恩一家，然後取出他的飲料。

艾克繼續說：「荷根不會碰他的，他太老練了。」

「不用一小時，陪審團就會判他無罪。」伍茲說。

「他會脫身的。」

「我眞的得回事務所了。」伍茲說。

「我也是。」艾克附和。兩個典型的布恩家人。

但沒有人採取行動，因爲他們倆都想知道審判結果。西奧覺得很高興，他爸爸和伯父終於聚在一起，還互相交談了，這可是難得一見的景象。

大廳彷彿有些騷動，民眾開始往法庭的方向緩緩前進，其中也有些人在這段休庭時間離開，這畢竟是星期五下午啊。

當他們全都回到法庭就坐，而且法庭也恢復秩序後，甘崔法官坐上席位，對荷根檢察官點頭示意。交互詰問的時間到了，被告若是站上證人席，檢方有權無情地訊問他，通常結果會滿慘烈的。

傑克・荷根走向證人席，將一份資料交給彼得・達菲。「達菲先生，這你還認得吧？」荷根問，語調充滿譏諷。

達菲先生慢條斯理地翻閱著封面和封底，還有其中幾頁，最後終於說：「是的。」

「請告訴陪審團這是什麼。」

「這是取消贖回權通知。」

「對什麼資產的贖回權？」

「里克斯路購物中心。」

「位於斯托騰堡嗎？」

「是的。」

「而里克斯路購物中心是你的資產嗎？」

「是，是我和一位合夥人的。」

「銀行在去年九月寄給你這份取消贖回權通知，因爲你沒有繳還每季貸款，而這筆貸款正是以這家購物中心爲抵押品。這是眞的嗎？」

「銀行是這麼說的。」

「達菲先生，你不同意銀行的說法嗎？你是在告訴陪審團，你在去年九月有還款嗎？」傑克·荷根邊說邊揮舞著手上的文件，彷彿對方已罪證確鑿。

達菲停頓了一下，然後裝出一個微笑回答：「是，我承認我們還款的確有點遲。」

「你以這家購物中心爲抵押，向銀行借了多少錢？」

「二十萬美元。」

「二十萬美元！」荷根複述了一次，意有所指地看著陪審團。然後他走回檢方席放下滿手的資料，又拾起另外一份。他站到證人席後方說：「好，達菲先生，你是否在斯托騰堡的工業園區裡擁有一間批發商店，就在渥夫街上？」

「是，檢察官。那是我和另外兩個合夥人共同持有的。」

「你已經把那家店賣掉了，不是嗎？」

「是的，我們決定賣掉那家店。」

「是去年九月賣掉的，對嗎？」

「你說是就是吧，我相信你有詳細的資料。」

「我這裡的確有資料，而且我的資料顯示，這筆房產在市場上標售將近一年的時間，原先的標價是六十萬美元，而它所抵押的貸款是五十五萬，但最後你和合夥人僅僅以四十萬的低價售出。」荷根邊說邊拿著這些文件在空中揮動，「我說的對嗎，達菲先生？」

「差不多是這樣。」

「所以你因爲這筆交易損失慘重，是吧，達菲先生？」

「這筆生意的確比不上我其他的交易。」

「當時你急著要賣掉那家店嗎？」

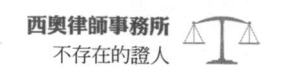

「不是那樣。」

「你迫切需要現金嗎，達菲先生？」

這名證人挪移了一下身體的重心，顯得渾身不自在。「我和我的合夥人，我們必須處理掉那家店。」

接下來的二十分鐘，荷根緊咬住財務問題，狠狠攻擊彼得．達菲和他的合作夥伴。達菲雖然不願意承認自己有迫切的需要，但檢方的交互詰問來勢洶洶，顯然證人過去的房地產事業，一直都處在挖東牆補西牆的掙扎中。荷根蒐集了許多資料，還包括兩件控告達菲的訴訟案。他追問證人關於之前被起訴的兩樁案子，達菲堅決否認自己有錯，反而說那些案子都沒有參考價值。他灑脫地承認目前經營狀況不好，但絕對不是檢方說的瀕臨破產。

傑克．荷根成功地將達菲塑造成一個追著錢跑的嗜血投機客，目前只能勉強應付債權人的催討。然而要將這些財務問題直接與謀殺動機畫上等號，仍然略嫌牽強。

接著荷根轉換話題，準備引爆另一個炸彈。他先禮貌地刺探達菲觸礁的婚姻狀況，問了幾個簡單的問題，接著他問說：「好的，達菲先生，你之前在法庭上說，其實你曾經離家，是眞的嗎？」

「是的。」

「而那次的分居爲期一個月嗎？」

「我不會用『分居』這個說法，我們從來不這麼說。」

「那你們怎麼說呢？」

「我們懶得花時間去幫這件事命名，荷根先生。」

「也對。那你是什麼時候搬出來的？」

「我沒有寫日記的習慣，不過應該是去年七月。」

「大約是她遇害前三個月？」

「大概是吧。」

「那你搬出來之後，住在哪裡呢？」

「我不確定那算不算『搬出來』。我只拿了些衣服離開。」

「好，那你去了哪裡呢？」

「我在這條街另一頭的萬豪飯店住了幾晚，接著去找一個跟我合夥的朋友，他離婚了，自己一個人住。那個月我過得很糟。」

「所以你就這樣搬來搬去，維持了大概一個月的時間？」

「沒錯。」

「然後你又搬回家和達菲太太重修舊好，準備永遠過著幸福快樂的日子，而這時她卻慘遭殺害？」

「這是個問句嗎？」

「問得好。正好有個問題要問你，達菲先生。」傑克．荷根拿了一份文件到證人席，彼得．達菲瞥了一眼，臉色立刻發白。

「認得這個嗎，達菲先生？」

「呃，這我不確定。」達菲說，他翻開了一頁，想試著拖延時間。

「這樣啊，請容我為您說明。這是一份四頁的公寓租約，租屋地點在衛克斯堡，離這裡將近五十公里遠。那是一戶很不錯的時髦公寓，有兩個房間還附家具，一個月房租兩千美元。有印象嗎，達菲先生？」

「並沒有，我，呃……」

「為期一年的房租，從去年六月開始。」

達菲聳聳肩，一副事不關己的模樣。「這不是我簽的。」

「不是你，卻是你的祕書茱蒂絲．梅茲太太簽的。過去這二十年來，她都和她先生一起住在斯托騰堡。是吧，達菲先生？」

「你說是就是吧。她是我的祕書沒錯。」

「那她為什麼會簽那份合約去租下那樣的公寓呢？」

「我也不知道。或許你應該去問她。」

「達菲先生，你眞的希望我請她出庭？」

「呃，當然，隨你便。」

「達菲先生，你見過那棟公寓嗎？」

達菲在檢方的連續重擊下顯得六神無主，像是只能盡量攀住滑溜的斜坡。他很快地看了陪審團一眼，再次裝出笑容，然後回答：「是，我去過那裡幾次。」

「是自己去的嗎？」荷根抓準時機開砲，語調充滿懷疑。

「當然是我一個人。我是因爲公務才去的，事情太晚結束，我才在那裡暫住一晚。」

「多方便啊。那是誰付房租呢？」

「我不知道，你得問梅茲太太。」

「達菲先生，所以你是在告訴陪審團，你並沒有租下這間房子，也沒有支付房租？」

「沒錯。」

「而且你只去那裡住過幾次？」

「沒錯。」

「而租這間屋子，和你與達菲太太的婚姻問題沒有關係？」

「完全無關。我再次強調，我並沒有租那房子。」

就西奧的觀察，彼得．達菲的誠信已經大大打了折扣。關於公寓那件事，他顯然沒說實話。謊言一旦開始，勢必無法停止。

但很明顯的，傑克．荷根無法掌握或證明達菲使用那間公寓的頻率，所以他轉進了下一個主題——高爾夫球。他的交互詰問在此處由強轉弱。達菲先生對高爾夫球瞭若指掌，遠勝過檢察官，於是雙方你來我往地鬥嘴角力，又這樣進行了將近一小時。

傑克．荷根最後回到檢方席時，已經將近六點。甘崔法官隨即宣布：「我決定明天不開庭，陪審團需要休息。希望大家有個平靜的週末，充分休息後，我們週一早上九點再開庭。當天我們會進行結案陳述，然後將案子移交給陪審團決議。再次提醒各位，切勿談論本案，若有任何人與你接觸，試圖討論案情，請立刻通知我。謝謝各位出庭，我們週一見。」

法警護送陪審團員走進一道邊門。他們離開後，甘崔法官看著檢方與辯方律師問：「各位，還有什麼要說的嗎？」

傑克．荷根起身說：「庭上，這次沒有。」

克利弗．南斯也起身搖頭。

「很好。那我們就休庭到週一上午九點。」

第18章

連續好幾天晚上失眠，西奧今天終於能好好睡一覺了。醒來的時候已經是星期六早上，他和法官蹣跚下樓時，察覺到某種異樣的家庭聚會正在廚房進行。他爸爸在炒蛋，媽媽穿著睡袍坐在餐桌一端，邊敲鍵盤邊盯著螢幕看。至於艾克，在西奧這十三年的人生中，從未見過他出現在這個家中，他此時卻坐在桌子另一端看著早報，研究分類廣告並做筆記，身上穿著褪色的橘色慢跑服，戴著一頂洋基隊的帽子。空氣中瀰漫了早餐的氣味，混合著一種對話被打斷而尚未結束的氣氛。法官直接走向爐邊，像平常一樣討東西吃。

各種早安問候聲此起彼落。西奧走到爐邊探頭察看。「全都是炒蛋。」他爸爸說。爸爸比媽媽更少下廚，那些炒蛋看起來半生不熟，至少西奧是這麼想的。他幫自己倒了些柳橙汁，在桌邊坐下。

廚房突然變得很安靜，直到艾克打破沉默。「米爾蒙有一間兩房的車庫公寓⓫，一個月六百美元，那一區環境不錯。」

「米爾蒙還可以。」布恩先生說。

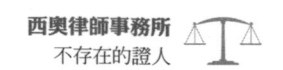

「她的時薪七美元，每週工作三十小時。」布恩太太低著頭說。「扣掉稅金和一些必要開銷，能剩三百美元租房子就很幸運了。她負擔不起的，所以他們才住在庇護所啊。」

「那你認爲我們該上哪裡去找月租三百元的公寓呢？」艾克提高音量說，同樣沒抬頭。事實上，目前沒有任何人有眼神接觸。

西奧只是默默聽著，靜靜觀察。

布恩先生說：「如果是車庫公寓的話，那可能是單一所有人持有，他們可能不會願意將房子租給薩爾瓦多來的房客，或任何非本地人。」他讓炒蛋重重落在盤子上，加上一個烤過的小麥瑪芬麵包，並順手滑到西奧面前。西奧小聲道謝，這下子法官終於討到一些炒蛋吃。

西奧吃了一口，慢慢嚼著，聽著餐桌上的靜默。不管剛剛在討論什麼，他們不打算讓西奧加入。眞差勁。這盤炒蛋也太糊了吧。

最後他說：「我們在找公寓，是嗎？」

艾克勉強哼了一聲。「嗯哼。」

薩爾瓦多、住在庇護所。西奧自己拼湊出結論。

「伍茲，」布恩太太一邊打字，一邊說：「尼克．威佐登了一則廣告，受理移民事務。他

⓫ 車庫公寓（Garage apartment）通常都建築在車庫的上方或與車庫相連，在美國多半出現在較老舊的市區。

是個好律師嗎？沒聽過這個人。」

「他刊登各式各樣的廣告。」布恩先生回答：「他還曾經在電視上招攬廢車處理案件，要是我就會離他遠一點。」

「這樣的話，鎮上只有兩名律師在廣告中提到移民的事。」她說。

「去找他們談一談。」艾克說。

「我也這麼想。」她說。

「現在我們要做什麼？」西奧問。

「今天我們會很忙，西奧。」他爸爸拿著咖啡坐下。「我們兩個要去打一場很重要的高爾夫球賽。」

西奧忍不住笑了。他們幾乎每週六都去打高爾夫球，只是這幾天來，西奧完全忘了這件事。他和鎮上的所有人都以爲審判會延續到週六，他理所當然以爲自己今天會去法院旁聽。

「太好了，什麼時候去？」

「半小時後就出發。」

三十分鐘後，他們把球桿放到布恩先生的休旅車後車廂，談論著今天的好天氣。現在是四月中，天空晴朗無雲，據說氣溫會升到二十度，杜鵑花盛開，鄰居們都在花園裡忙碌著。

過了幾分鐘，西奧說：「爸，我們要去哪裡？」他們顯然不是在往斯托騰堡市立球場的路上，那是他們打球的老地方。

「我們今天要去一個沒有去過的球場。」

「哪一個？」西奧只知道附近的三個球場。

「威佛利溪區球場。」

西奧讓這個想法慢慢進入腦子裡，然後說：「爸，原來我們要去犯罪現場調查。太酷了。」

「差不多是那個意思。我有個客戶住在那裡，他邀請我們去打球。不過他不會出現，只有我們兩個，我們可以去溪區球場，避開人潮。」

十分鐘後，他們準備開車進入威佛利溪區寬闊的入口。道路旁有一道巨大的石牆，向前延伸到轉彎處，厚重的大門擋住所有車輛的去路。穿著制服的男人從警衛室走出來，布恩先生停好車，搖下車窗。

「早安。」警衛微笑著說，他手上拿著一塊寫字板。

「早安。我是伍茲．布恩，來打高爾夫球，登記的時間是十點四十分，馬克思．克巴崔克先生的客人。」

警衛查了一下他的記錄，然後說：「歡迎您，布恩先生。請把這個放在儀表板上。」他遞給布恩一張黃色卡片說：「祝您打球順利。」

「謝謝。」布恩先生說，大門緩緩開啓。

西奧幾年前來過這裡參加一個朋友的生日派對，在那之後他朋友就搬走了。他記得在那裡看到很多豪宅、長長的車道、時髦的轎車，而且屋前草坪的園藝設計看起來都很完美。他們經過一條狹窄的道路，兩旁有老樹樹蔭的遮蔽，接著又行經幾條球場小徑和果嶺。這個球場修剪得就像高爾夫球雜誌裡的照片一樣，但每個發球座都有人在練習揮桿，每個果嶺都有人在推桿。西奧只不過想和爸爸在一個不擁擠的球場上打完十八洞，而他最討厭的，就是要在一個四人組後頭排隊，不耐煩地等待。

俱樂部櫃檯也擠滿人，好幾十組人都趁好天氣出來打球。布恩先生以新會員身分登錄，借了一輛高爾夫球車，然後他們先在練習場熱身。西奧忍不住四處張望，希望能瞥見胡立歐表哥的身影。又或許他會看到彼得．達菲本人。經過一週辛苦的審判，也許他會出來和朋友一起打個幾洞。從被逮捕那天起，達菲就繳了保釋金，所以他從未真正被打入大牢過。

審判如果就這樣發展下去，他坐牢的機會恐怕微乎其微。

然而西奧誰都沒看到。他滿腦子想的都是那幾個人，這表示他沒有在思考該怎麼揮桿。好幾顆球都打歪了，他開始擔心稍後的球賽。

他們準時開球。布恩先生從藍色發球台開始，西奧從白色的開始，離球道稍微遠一點。他的擊球直線距離幾乎不到一百公尺。他們開著高爾夫球車離開時，爸爸告訴西奧：「你的頭要放低一點。」這一天下來，他還會聽到更多指導。布恩先生的球齡已經有三十年，雖然表現普通，但就像其他高爾夫球玩家一樣，常會忍不住去指導別人，尤其是對自己的兒子。西奧很樂於接受指導，他的確需要爸爸的協助。

他們前面還有一個四人組，後面沒有半個人。溪區球場的擊球距離較短，也比較狹窄，所以大家比較不喜歡這裡。這個球場的設計是順著蜿蜒的威佛利溪，小溪雖美，卻因吞噬了無數小白球而惡名昭彰。北九洞和南九洞球場或許人聲鼎沸，溪區這邊卻不是。

他們坐在高爾夫球車裡等著，前面的人正在第三洞推桿。布恩先生說：「西奧，聽著，計畫是這樣的。艾克正在替裴那一家人找地方住，要找個他們負擔得起的小公寓。如果他們需要協助，我和你媽媽會幫忙出點錢。這件事我們已經討論了好幾個月，不是突然決定的。艾克的心腸很好，但銀行存款很少，不過他也願意盡一份力。如果我們能在短時間內替他們找到住所，或許卡蘿拉能說服她外甥，也就是胡立歐的表哥搬過去一起住。對他們一家人來說，那會是比較安定的環境。艾克正在找房子，而你媽媽正在跟專門處理移民問題的律師洽談。根據聯邦法律，可能有辦法讓非法移民變合法，前提是他必須找到具有美國公民身分的贊助人，而且有份工作。該我們打了。」

擊球後，他們又回到車上，沿著車道緩緩前進。兩人的球都落在亂草區。

布恩先生邊開車邊繼續剛剛的話題。「你媽媽和我願意擔任胡立歐他表哥的贊助人，或許我還能幫他找一份比較好的工作，至少是合法的。他如果願意和他阿姨一家同住，那麼兩年內就可能取得合法身分。當然完整的公民身分又是另外一回事。」

「潛在的威脅是什麼？」

「沒有什麼潛在威脅，我們想幫助裴那一家人離開庇護所。不論那位表哥發生什麼事，我們都會這麼做。但是我們得說服他出庭作證，說出事情眞相，站上證人席，告訴法官他所看到的一切。」

「我們要怎麼說服他呢？」

「那個部分還在醞釀中。」

西奧的球落在靠近車道的地方，離球道的距離不遠。他以五號鐵桿擊球，將小白球帶到離果嶺近五十公尺處。

「打得好，西奧。」

「我有時候運氣眞的很好。」

第六號洞是左狗腿洞，那裡有寬闊的球道，右手邊的邊界上佇立著一幢幢漂亮的屋子。他們從發球台這邊看得到距離大約一百五十公尺的達菲家後院。達菲家隔壁有個園丁正忙著除草。西奧想，照我現在這個打法，那個人有可能會被我的球打中。

還好父子倆擊球後，那個園丁仍然毫髮無傷。他們繼續沿著車道前進，布恩先生說：「你說你有這一區的衛星地圖？」

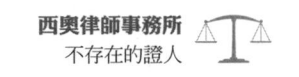

「是的，不過放在事務所。」

「你找得到我們祕密證人的藏身處嗎？」

「或許吧。我想是在那裡。」西奧指向球道旁的一片樹林。他們把車開到林子邊停下，開始四處搜尋。那樣子就像打出壞球的高爾夫球手找不到他們的小白球一般。他們在樹林裡發現了一條乾涸的小溪，另一邊是一堵牆，由加工過的木頭組成。顯然是個躲起來獨自用餐的好地點。

「很可能就是那裡。」西奧指出。「他說坐在木頭上可以看得一清二楚。」

西奧和布恩先生坐到木頭上，達菲家的後院一覽無遺。「你覺得這樣的距離大概多遠？」西奧問。

「九十公尺。」布恩先生毫不遲疑，多數的高爾夫球玩家都能輕易估算出距離。「這個藏身地點太棒了。沒有人會看到他坐在這裡，根本沒人會想多看樹叢一眼。」

「地圖上還標示了一個工作小屋，就在穿越樹林那端。」西奧指著另一邊，在球道的反方向。「他表哥說，他們每天中午十一點半在工作小屋集合用餐。不過他多半會溜出來自己吃，我猜他就是到這裡來。」

「我帶了相機，來拍幾張照片吧。」布恩先生從車上的高爾夫球袋裡拿出一台小型數位相機。樹林、河床和僅存的木牆，還有球道另一側的住屋，他都一一拍攝。

「拍這些照片要做什麼?」他們之前走到車上拿相機時，西奧曾這樣問爸爸。

「或許派得上用場。」

他們花了幾分鐘拍照，才從樹林裡走出來。快回到車上時，西奧轉頭往球道方向看了一眼，彼得・達菲站在自家庭院裡，拿望遠鏡向著這邊看。球場上只有他們父子倆。「爸。」西奧輕聲說。

「我看到他了。」布恩先生說：「快打球吧。」

他們假裝沒看到達菲先生，繼續打球，這次兩個人的球都離果嶺很遠。他們迅速跳上車，離開那裡。彼得・達菲自始至終都沒有放下望遠鏡。

他們在兩個小時內打完九洞，接著就開車到南北兩個球場四處觀察。威佛利溪區球場的設計眞是讓人嘆爲觀止，雅致的住家整齊地坐落在球道旁，一排排高級公寓圍繞著小湖和兒童公園，腳踏車道和慢跑步道與高爾夫球車道呈十字狀交會。最重要的是，它有著美麗的球道和果嶺。

有個四人組球友正在打第十四洞。根據高爾夫球禮儀，在發球台附近必須保持安靜，布恩先生在對方察覺他們之前，就先把車子停好。那些人離開後，布恩先生才把車開到發球台處。車道旁有一排黃楊木，旁邊設置著飲水機、垃圾桶和洗球的機器。

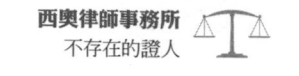

西奧說：「胡立歐告訴我，他表哥看到那個男人把手套丟進十四號洞的垃圾桶。就是這一個。」

「不是那個表哥自己跟你說的？」布恩先生問。

「不是，我只跟他表哥談過一次，就是星期三晚上那次。隔天是胡立歐自己帶著手套來我們事務所。」

「所以關於他表哥是怎麼看到、為什麼會看到那個男人把手套丟在十四號洞這裡，我們是一無所知嗎？」

「我想是這樣沒錯。」

「而且我們也不確定他表哥為什麼會把那雙手套帶走，對吧？」

「胡立歐說，在這裡工作的男孩都會在垃圾桶裡翻找好東西。」

他們快速拍了幾張照片，等看到下一組人馬出現，就開車離去。

第19章

離開高爾夫球場後，西奧和他爸爸去了一趟高地街的庇護所。他們去探望胡立歐和他兩個年幼的弟弟妹妹。每個星期六，卡蘿拉·裴那都要到鎮上一家飯店的廚房洗盤子，這表示她的三名子女此時都獨自留在庇護所。那裡爲孩子安排了各種活動和遊戲，不過西奧知道他們星期六都不太開心。他們會看一堆電視節目，到小小的遊樂場踢踢球，幸運的話，或許能跳上教堂提供的公車去看場電影，不過前提是當天的管理人有籌到經費。

西奧和他爸爸在球場打高爾夫球時，想到一個好主意。斯托騰學院是一所規模不大的私立學校，建校已經上百年。他們的足球和籃球隊或許比不上一所較好的中學，但他們的棒球隊具有參加小聯盟季後賽的分區系列賽實力，爆發力無窮。而當天下午兩點就有兩場比賽。

布恩先生先向庇護所當日的管理人登記。不出所料，負責照顧弟弟妹妹的胡立歐，還有雙胞胎艾克特和芮塔，他們三個都喜出望外，迫不及待要離開庇護所。他們幾乎是用跑的奔向布恩先生的休旅車，然後跳上後座。幾分鐘後，布恩先生違規停車在飯店前的人行道上，然後說：「我要先去問問裴那太太的意思。」不一會兒，他滿臉笑容地回到車上向孩子們報告：「你們的媽媽覺得這眞是個好主意。」

「謝謝你，布恩先生。」胡立歐說，他的雙胞胎弟妹則興奮得說不出話來。

斯托騰學院在羅特里公園舉行比賽，那裡有座位於市中心邊緣的體育場，旁邊就是學院小小的校園。羅特里公園幾乎和這個學院一樣古老，過去還曾經成爲幾個小聯盟球隊的主場，儘管都維持不久。這座體育場的光環，主要是來自躋身棒球名人堂的「鴨子」麥威克。一九二〇年，麥威克曾經在這座球場揮棒，當時他還只是小聯盟二級隊伍裡的球員，後來他才加入聖路易紅雀隊。體育場的大門有塊板子，就是用來提醒球迷「鴨子」曾到斯托騰堡一遊。只是，西奧從沒看過有誰會去注意上面所寫的紀念文字。

布恩先生在只有一個窗口的售票亭買票。那位賣票的老先生大概從「鴨子」那個年代就在這裡工作了吧。成人票三美元，小孩則一人一美元。「要不要吃爆米花？」布恩先生說，低頭看著臉上散發光采的艾克特和芮塔。五包爆米花、五杯汽水，一共二十美元。他們爬上坡道，走到露天座位，挑了靠近主場球員休息區和一壘的位子坐下。由於空位和來看球賽的人數遠遠不成比例，他們愛坐哪兒就坐哪兒，引導人員一點也不在意。這座球場可以容納兩千人，老球迷總愛吹噓它過去座無虛席的榮景。西奧每季大概會看五、六場斯托騰學院的比賽，但從未見過球場湧進超過一半的觀眾，連接近一半都沒有。但是他喜歡這個地方，老式的大型看台、頭頂上的遮板、接近場邊的木製座椅、界外線附近的牛棚，還有外野那面球場圍牆，上面漆滿了色彩鮮明的廣告，內容包括各種斯托騰堡的大小事，從病蟲害防治、當地原釀啤酒，到徵求受傷客戶的律師。這才是眞正的球場啊。

鎭上也有人想把這座球場拆掉。因爲差不多在學校球季結束後，這裡整個夏天幾乎都是空蕩蕩的；還有人抱怨球場的維修費用高得嚇人。西奧很困惑地環顧四周，實在很難看出維修費用到底花在哪裡。

播放國歌時，他們全體起立，斯托騰學院的球隊隨即上場。四個小朋友肩並肩坐在一起，布恩先生則坐到他們後面，聽到西奧正在扮演老大。西奧說：「只能說英文，知道嗎？我們在練習英文喔。」

裴那家的孩子彼此交談時，很自然地說起西班牙文，不過西奧一提醒，他們馬上乖乖轉換成英文。艾克特和芮塔才八歲，對棒球幾乎一無所知，於是西奧開始解釋給他們聽。

球賽進行到第三局，布恩太太和艾克來了，布恩先生悄悄離開孩子身邊。三個大人開始輕聲交談，西奧豎起耳朵聽。艾克已經找到公寓，一個月五百美元，布恩太太還沒跟卡蘿拉討論這件事，因爲她還在飯店裡工作。後來他們談到其他事，但西奧聽得有點模糊。

對年僅八歲又不太懂球賽規則的孩子來說，棒球可能有點無聊。到了第五局，艾克特和芮塔開始丟爆米花，在觀眾席間爬來爬去。布恩太太問他們要不要吃冰淇淋，雙胞胎馬上舉雙手贊成。他們一離開，西奧立刻採取行動。他先問胡立歐想不想到中外野那邊看球賽，胡立歐點頭，於是他們就沿著看台往前走，經過牛棚，最後坐定在一個舊的場區，在靠右側的中外野牆邊。他們身旁沒有別人。

「我喜歡在這裡看球賽。」西奧說：「而且這裡通常都很空曠。」

「嗯，我也喜歡。」胡立歐說。

他們討論了一下中外野手，然後西奧換個話題。「聽著，胡立歐，我們得談談你表哥的事。我不記得他叫什麼，事實上，我不確定有沒有聽過他的名字。」

「巴比。」

「巴比？」

「其實是羅貝多，不過他喜歡人家叫他巴比。」

「知道了。他姓裴那嗎？」

「不是，他媽媽和我媽媽是姊妹，他姓艾斯科巴。」

「巴比・艾斯科巴。」

「*Si*（是），沒錯。」

「現在他還在高爾夫球場工作嗎？」

「是的。」

「他還住在採石場附近嗎？」

「是，爲什麼你想知道這些？」

「他是非常重要的證人。他得出面告訴警方，那位太太被殺害當天他所看到的一切。」

胡立歐轉頭看著西奧，彷彿覺得西奧瘋了，他說：「他不能那麼做。」

「或許可以了。如果能夠保障他的安全，不會逮捕他，不會送他到牢裡……你知道『豁免權』是什麼意思嗎？」

「不知道。」

「好，以法律用語來說，意思就是他或許能和警方談一場交易。如果他願意出面作證，警察就不會找他麻煩。他會享有豁免權，甚至有可能幫他取得合法居留文件。」

「你跟警方談過了嗎？」

「當然沒有，胡立歐。」

「你跟誰說了嗎？」

「我並沒有洩露他的身分。他很安全，胡立歐，但是我得再跟他談談。」

對方的打者揮出一球，從右側的中外野牆上反彈回去，他們看著打者擊出三壘安打，成功地滑進三壘。西奧必須跟胡立歐解釋，飛過圍牆的球和反彈回去的球有什麼差異，胡立歐說薩爾瓦多不流行棒球，他們以踢足球爲主。

「你什麼時候會再見到巴比？」西奧問。

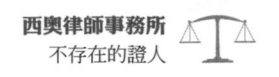

「或許是明天吧。他星期天通常會來庇護所找我們，再一起走去教堂。」

「有沒有什麼辦法可以讓我今天晚上跟他講到話？」

「我不知道。我不知道他平常都在做什麼。」

「胡立歐，現在分秒必爭啊。」

「什麼是分秒必爭？」

「就是時間很重要的意思。那場審判星期一就要結束了，巴比要出庭作證，說出他看到的事，這比什麼都重要。」

「我覺得不好。」

「胡立歐，我爸媽都是律師，你認識他們啊，你可以相信他們的。如果他們幫你和你們家的人，包括巴比，找到房子住呢？一個屬於你們自己的好地方。我爸媽會同時申請成為巴比的贊助人，這樣他的身分就合法了。想像一下，以後不用再過著躲警察的日子，不用擔心移民署的人突襲，你們一家人可以住在一起，巴比也會有合法居留文件。這樣不是很棒嗎？」

胡立歐怔怔地望著前方，讓這些想法慢慢進入腦子裡。「太酷了，西奧。」

「那我們就這麼做。首先，你告訴巴比，讓我爸媽幫忙處理這件事完全沒問題。他們會站在他那邊，他們本身就是律師。」

「好。」

「很好。然後你要跟巴比碰面，說服他這是樁好交易，說服他信任我們。你做得到嗎？」

「我不知道。」

「他跟你媽媽說過他看到的事嗎？」

「說了。我媽對巴比來說，就像親生媽媽一樣。」

「好極了。也請你媽媽好好跟他說，她一定能說服巴比。」

「你保證他不會被關起來？」

「我保證。」

「可是，他一定要跟警方說嗎？」

「也許不是警方，不過他得和某個相關人士說，或許是法官，我不確定。重點是，一定要讓巴比出庭作證，他是整件案子最重要的目擊證人。」

胡立歐的手肘頂在膝蓋上，手撐著頭，肩膀因爲聽著西奧重要的話和計畫而下垂。過了好長一段時間都沒人說話。西奧遠遠望向艾克特和芮塔，他們和他媽媽坐在一起，邊聊天邊吃冰淇淋；伍茲和艾克正在專注地討論什麼，眞是難得一見的場景。比賽繼續緩慢進行。

「我現在該怎麼做？」胡立歐問。

「告訴你媽媽這些事，然後你們兩人一起去找巴比談。應該找機會讓所有人碰面。」

「好。」

第20章

西奧在活動室看著有線電視播映的電影，他口袋裡的手機突然開始震動。時間是星期六晚上，八點三十分，來電顯示是庇護所的號碼。他啪的一聲打開手機，說：「哈囉！」

「西奧？」胡立歐很好辨認的口音傳來。

「我是。胡立歐，怎麼了？」西奧把電視關成靜音。他爸爸在書房看小說，媽媽坐在二樓的床上喝綠茶，並研讀一整個檔案夾的法律文件。

「我跟巴比說了。」胡立歐說：「他簡直是嚇死了。今天採石場到處都是警察，他們在查證件、找麻煩。後來有兩個瓜地馬拉的男孩被帶走，他們都是非法入境。巴比覺得下一個一定就是他了。」

西奧邊走向書房邊說：「胡立歐，聽我說，如果警察在追捕巴比，那也跟這案子無關，我保證。」西奧走到他爸爸身邊，布恩先生闔上書，專心聽著。

「警察還去他住的地方，還好那時候他跑到街上躲起來。」

「胡立歐，你跟他談過了嗎？你跟他說我們昨天討論的事沒有？」

「說了。」

「那他怎麼說？」

「他現在怕得要命，西奧。他不了解這裡運作事情的方式，只要一看到警察，他就覺得完蛋了，你懂嗎？他會想到坐牢、沒工作、沒錢，然後被遣送回國。」

「胡立歐，你聽我說。」西奧說，對他爸爸皺眉頭。「他不需要跟警察打交道，只要他信任我和我爸媽，他就會沒事。你跟他解釋過了嗎？」

「我說了。」

「那他懂嗎？」

「我也不知道，西奧。但是他想跟你談談。」

「太好了，我來跟他談。」西奧對他爸爸點點頭，爸爸也點頭回應。「時間？地點？」

「嗯，他今天晚上會到處遊蕩，不會待在他住的地方，他擔心警察可能會半夜回來抓他們。不過我找得到他。」

西奧差點要問他怎麼找，但是沒說出口。「我想我們今晚就得談談。」西奧說。他爸爸又點了點頭。

「好，要怎麼跟他說？」

「請他來跟我碰個面。」

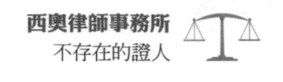

「在哪裡碰面？」

西奧一時想不出什麼地方。爸爸搶先一步，悄聲說：「楚門公園，旋轉木馬那裡。」

西奧說：「楚門公園好嗎？」

「那是哪裡？」

「在主街盡頭的大公園，有噴泉、雕像之類的東西，很好找的。」

「好。」

「請他九點半到，大概一個小時後。在旋轉木馬那裡碰面。」

「旋轉木馬？」

「就是那種華麗的遊樂設施，上面有很多假的小馬在跑，音樂開得很大聲。小朋友和媽媽們在玩的那種。」

「嗯，我看過那個。」

「很好，九點半見。」

星期六晚上的旋轉木馬仍舊緩慢地繞著圈圈跑，老舊的擴音器播放著《小小世界》的旋律，幾個兩、三歲的孩子和他們的媽媽騎在紅色或黃色小馬上，緊抓著小馬中間的桿子。附近有個小攤子在賣棉花糖和檸檬汁；還有一群青少年在附近晃蕩，並抽著菸，想盡辦法裝出強悍的模樣。

伍茲．布恩四處查看之後，覺得這裡還算安全。「我在那裡等著。」他指著一尊高大的銅像說，那是個被遺忘的戰爭英雄。「你從這邊看不到我。」

「沒問題的。」西奧說。他不擔心安全問題，這個公園燈光明亮，人也滿多的。

十分鐘後，胡立歐和巴比．艾斯科巴從陰影中慢慢走出來。他們在西奧認出他們之前就看到他了。巴比很緊張，他不想冒險被警察抓到，於是他們走向公園另一側，在一座涼亭的台階上交談。西奧看不到他爸爸，但他知道爸爸一定正看著他們。

他問巴比今天有沒有上班，接著說到他和爸爸去溪區球場的事。沒有，巴比今天並沒有排班，況且他一整天都在躲條子。一旦開啓了這個重要話題，西奧乾脆長驅直入。他用英文解釋，巴比有機會徹底改變他的生活，從非法的外籍勞工轉變成有贊助人的移民，然後一步步取得合法文件。

胡立歐用西班牙文說明，西奧幾乎完全聽不懂。

他繼續說，他爸媽所提供的，是能夠改變他一生的交易。和家人住在比較好的地方，找到一份比較好的工作，加上取得合法身分的捷徑。從此不需要再躲警察，不用害怕會被遣返回家鄉。

胡立歐用西班牙文說明時，巴比面無表情地聽著。

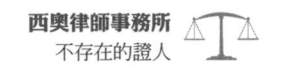

對方沒什麼反應，西奧繼續踩油門。讓話題延續是很重要的，他眼看巴比一副急著想跑走的樣子，西奧對胡立歐說：「告訴他，他在這樁謀殺案中，扮演非常重要的角色。上法院告訴大家他那天所看到的一切，這是很正當的事。」

胡立歐翻譯這段話時，巴比點頭，之前他就聽過這些了，不過他什麼也沒說。胡立歐把他的反應解釋為：「他不想扯上關係，這案子不干他的事。」

一輛警車在公園旁停下，離涼亭還有點距離，不過清晰可見。巴比驚恐地望著它，一副已經被逮到的模樣，他對胡立歐咕噥一句，胡立歐很快地回他。

「警察不是來抓他的。」西奧說：「叫他別緊張。」

兩名警員從車子裡出來，走向公園中央旋轉木馬那裡。「看吧。」西奧說：「胖的那個是萊米西．羅斯，他是專門開違規停車罰單的，我不認識另外一個。他們根本不會甩我們。」

胡立歐用西班牙文解釋，巴比好不容易才能正常呼吸。

「他今晚要在哪過夜？」西奧問。

「不知道耶。他問過能不能去庇護所，可是那裡沒有房間了。」

「他可以來我家，我們還有一間空房，你也可以一起來，我們把這個叫做『睡衣派對』。我爸會來接我們，買披薩給我們吃，走吧！」

午夜時分，三個男孩橫七豎八地躺在起居室，他們在打電動，不時激動地對電視螢幕大叫。一片雜亂中，有兩個裝著大披薩的盒子，法官正在那裡大嚼披薩皮。

瑪伽拉和伍茲不時探頭進來看看。他們覺得聽西奧奮力說著西班牙文很好玩，雖然他總是慢了胡立歐和巴比半拍，卻還是很努力要跟上。

他們夫妻倆原本想多生幾個孩子，不過天不從人願。然而有時候，他們不得不承認，有西奧一個就很足夠了。

第21章

星期日晚上，甘崔法官一直等到天黑了才出門散步。他住在離法院幾個街區遠的地方，那是幢老房子，據說是從他祖父那代傳下來的，他的祖父也是一位德高望重的法官。他常在清晨或傍晚時分在斯托騰堡市中心散步。今天晚上，他需要新鮮空氣，需要時間思考。達菲案耗去一整個星期，他埋首於成堆的法律書籍中搜尋答案，那個藏匿起來的答案。他的內心正在進行一場激烈的辯論。他為什麼要攪亂一場合乎程序的審判？明明沒有哪裡出錯，卻要宣布這是場無效審判？到目前為止，一切依法行事，也合乎倫理，沒有差錯。事實上，檢方和辯方的表現都很優秀，他們各司其職，審判得以順利進行。

他研究的文獻中，並沒有類似的案子。

布恩&布恩事務所裡燈火通明。七點三十分，甘崔法官依約來到那個小小的門廊，他伸手敲門。

來應門的是瑪伽拉·布恩。她說：「喔，亨利，你來啦，快進來。」

「你好，瑪伽拉。我至少已經有二十年沒踏進這裡了。」

「那你應該常來才對呀。」她關上門。

那一天，在黃昏時分出門散步的，不只甘崔法官一人。有個叫做帕可的男人也同樣出門了。帕可穿著一套深色運動服和慢跑鞋，身上帶著無線電對講機。他跟甘崔法官保持一段距離，但因爲法官根本沒想到會被跟蹤，所以帕可很輕鬆地尾隨在後。他們在斯托騰堡市中心遊走，一個全神貫注地想事情，完全沒察覺別人的存在；另一個在距離一個街區遠的後方，小心翼翼跟著。他們的影子愈來愈長，日光漸漸消失。甘崔法官走進布恩&布恩事務所後，帕可跑到事務所前，記下名稱和地址，然後繼續向前跑。直到轉了個彎，他才按下對講機按鍵說：「他在裡面，布恩&布恩事務所。」

「好。我就在附近。」回話的人是歐馬．奇普。

幾分鐘後，奇普開車過來接帕可，他們轉進公園街，直到布恩&布恩事務所進入視線範圍內，才安靜開進街底的停車場。奇普關了車燈和引擎，搖下車窗，點了一根菸。「你親眼看到他走進去嗎？」他問。

「沒有。」帕克說：「我看到他離開人行道，走向前門。我知道他就在那裡，這一帶只有那裡還開著。」

「怪了。」

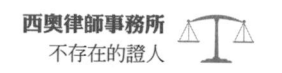

星期六的夜晚，其他辦公大樓都一片漆黑荒涼。只有布恩家的事務所仍然有動靜，屋子裡的燈似乎全開了。

「你覺得他們在做什麼？」帕克問。

「我不確定。布恩家的人星期五跑到甘崔的辦公室，全家一起。這不合理，因爲甘崔是個大忙人，而且你知道，他們不是刑事律師。那男的幫人擬土地契約，女的辦離婚案子，沒有理由在一樁謀殺案進行到一半的時候，衝進甘崔的辦公室啊。還有那個小子，我眞不懂，他爸媽怎麼會把他從學校裡接出來，帶到法院來見甘崔呢？那個小子這整個星期都在法院裡探頭探腦的。」

「你是說西奧嗎？」

「嗯，那個自以爲是律師的小子。他認識所有警察、法官、書記官，沒事就在法庭裡晃，知道的法律知識或許比大部分的律師還多。他跟甘崔還是好朋友。在他跟他爸媽一起去見甘崔之後，突然間，甘崔就改變心意，說什麼週六不開庭了，那可是他這整個星期都很確定的事啊。帕可，他們在偷偷進行著什麼，肯定對我們不利。」

「你跟南斯律師或達菲先生說了嗎？」

「沒，還沒有。我們這麼做吧，雖然我很想叫你上樓去刺探軍情，四處看看，看有誰在那裡，但那樣太冒險了。他們一旦被你嚇到，就會停下手邊的事，說不定還會叫警察。你知道的，對方可是甘崔法官，事情會變得太複雜。我們進行B計畫，我打電話叫葛斯開廂型車過來，我們可以停得近一點，等他們出來再拍下照片。我想知道誰在裡面。」

「你覺得有誰？」

「不知道。不過帕可，我敢賭一百美元，布恩他們絕對不是在跟甘崔玩紙牌遊戲。一定有鬼，我不喜歡這種感覺。」

甘崔法官走向圖書室，布恩先生、艾克和西奧都在那裡等著他。長形的桌面已經擺滿了書、地圖、筆記，看起來就像有個大案子正在進行。大家互相握手打招呼，稍微聊了一下天氣，但後面的重頭戲不容許這些閒聊耗去太多時間。

大家一坐下，甘崔法官就說：「不用說，我們在這裡所討論的一切，都不能對外公開。我們所做的事沒有錯，但提醒大家，各位畢竟不是本案的關係人，只要消息一傳出去，我就會面臨許多質疑。這樣懂了嗎？」

「那是當然的，亨利。」布恩太太說。

「沒問題。」艾克說。

「半個字也不會說。」布恩先生說。

「是，甘崔法官。」西奧說。

「很好。你們說有東西要給我看？」

布恩家三個大人同時望向西奧，他立刻起身。他的筆記電腦就在前方的桌上。西奧按下一個鍵，一幅巨型照片出現在房間另一端的數位寬螢幕上。西奧手拿雷射光筆，紅色光束指向照片。「這是溪區球場第六球道的衛星地圖。那裡是達菲家，而這裡，證人就是坐在狗腿洞這邊的樹叢裡用餐。」他又按了另外一個鍵，下一張照片出現。「這是我們昨天早上去高爾夫球場拍的照片，證人當時就是坐在這堆木頭上，在乾涸的河床旁，從外面完全看不到他。然而……」他又按了一次鍵，下一張照片，「正如您現在所見，證人在這裡能將球道另一側的屋子看得一清二楚，即使距離有九十公尺遠。」

「你很肯定他的位置確實在這裡嗎？」

「是，法官。」

「你能夠回溯當時的時間嗎？」

「是，庭上。」

「西奧，我們可以暫時把『庭上』這玩意兒丟到一邊去。」

「喔，好的。」下一張照片也是衛星地圖。西奧將雷射光移向一棟建築物。「這是工作小屋，離六號球道不遠，只要穿過樹林就會看到。午餐時間十一點半開始，準時十一點半，因爲工頭管得很緊，他希望所有工人在十一點半打卡，趕快吃完午餐，十二點回到工作崗位。

我們的證人喜歡溜到一旁自己用餐。他吃飯前會先禱告，看看家鄉親人們的照片，他非常想家。正如您所見，只要穿過樹林，一下子就可以走到他最喜歡的午餐地點。他想自己大概是吃到一半的時候，看到那個男人走進達菲家。」

「所以大概是十一點四十五分的時候？」甘崔法官問。

「是的，法官。而您也知道，法醫推估達菲太太的死亡時間大約是在十一點四十五分。」

「沒錯。而這個走進達菲家的人，是在你的證人吃完午餐前就離開了嗎？」

「是的，法官。證人說他多半在正午前幾分鐘回到工作小屋。那一天，他還沒吃完午餐，就看到那名男子走出來了。證人估算那個人只在屋子裡待不到十分鐘。」

「我要問一個很重要的問題。」法官表示。「這名證人是否看到對方帶著大袋子或包包離去？或是任何能夠存放贓物的物件？被告的證詞顯示，有好幾樣東西遭竊，包括兩把手槍、被害人的珠寶，還有至少三只被告的名錶。證人是否看到這些東西被帶出屋子呢？」

「我想沒有，法官。」西奧的口氣嚴肅。「我自己也想了好久，我想很有可能是這樣：被告把槍藏在皮帶裡，用毛衣掩蓋，再將其他東西放進口袋。」

「是哪一種槍？」布恩先生問。

「一把九厘米和一把短槍。」甘崔法官說：「要把它們藏在毛衣底下很容易。」

「那手錶和珠寶呢？」

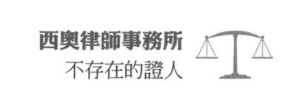

「一些戒指和項鍊，三只眞皮錶帶的手錶，全部能放進長褲的口袋裡。」

「一直還沒找到這些東西？」布恩太太問。

「沒有。」

「它們可能早就躺在高爾夫球場的某座湖底了。」艾克露出猙獰的笑容。

「很有可能。」甘崔法官說。大家都嚇了一跳，這位面無表情的仲裁者，一直都是不偏不倚的態度，現在卻稍微向一側傾斜。原來他也覺得達菲先生就是犯人。

「手套呢？」他問。

西奧拿出一個棕色的小箱子，放在桌上，然後抽出那個封口塑膠袋，裡面裝著那一雙高爾夫球手套。他把手套放在甘崔法官面前，那一瞬間，大家都盯著這個證物看，彷彿那是把染血的刀。西奧按了個鍵，螢幕上又出現一張照片。「這是南九洞的第十四號發球座，當時證人就在這附近修理一個灑水裝置的噴嘴，在一個小山丘上，可以看得到球座。他看到這名男子，跟之前他看到的是同一個人，他把兩只手套從高爾夫球袋裡拿出來，扔到垃圾桶裡。」

「我有疑問。」甘崔法官說：「當他把這雙手套丟掉的時候，他手上戴著另外一雙嗎？」

布恩一家人都覺得法官顯然已經仔細分析過案子的每一個細節。

「我沒問他這個問題。」西奧說。

「很有可能。」伍茲說：「對高爾夫球玩家來說，帶備用手套是很尋常的事。」

「這有什麼差別嗎?」布恩太太問。

「現在還不確定,我只是非常好奇而已,瑪伽拉。」

有好長一段時間,大家都默默不語,似乎都在想著同一件事,卻沒人想說破。最後西奧說:「甘崔法官,您可以親自問證人。」

「他在這裡嗎?」

「是的,法官。」

「他在我辦公室裡,亨利。」布恩太太說:「他現在的代表人是布恩法律事務所。」

「那包括西奧嗎?」甘崔法官問,大家都覺得有點好笑。

「亨利,你要跟我們保證,他不會被逮捕或起訴。」布恩太太說。

「我保證。」甘崔法官說。

巴比.艾斯科巴和甘崔法官分別坐在長桌的兩端。巴比的右邊坐著胡立歐,他的表弟,負責幫他翻譯;他的左邊坐著他阿姨卡蘿拉。這是家族大事,連艾克特和芮塔都來了,他們在布恩太太的辦公室裡看電視。

西奧開始直接質詢,螢幕上是那張六號球道的空拍衛星圖,地點是溪區球場。他和巴比以紅色雷射光指出巴比用餐的確切位置。西奧一張接一張變換照片,很仔細地提問,也給胡立歐充分的時間翻譯。他們完美地重現事情的真相。

伍茲、瑪伽拉和艾克坐在一旁聽著，心中充滿了驕傲，但他們三個也隨時準備糾正他們的錯誤。

各項事實確認完畢，巴比也證明他自己是可靠的證人之後，甘崔法官說：「那麼，我們現在來指認犯人。」

巴比之前並不認識彼得．達菲，所以他不能直接指認被告就是走進屋裡的那個男人。不過他正確說出那個男人的穿著打扮：黑色毛衣、淺棕色長褲、紅褐色帽子，正是彼得．達菲在事件發生時的穿著。西奧先秀出幾張彼得．達菲的照片，全是從報紙上抓下來的。巴比看著每一張照片，說的話都一樣，他說照片中的男人長得非常像他看到的男人。西奧又按了一個鍵，播放他剪接好的三個片段，都是達菲先生走進或走出法庭的影片。同樣的，巴比說他幾乎能確定影片中的人，就是他看到的人。

接下來，關鍵時刻到了。檢方提出過二十二張照片的證物，分別是在犯罪現場、達菲家與附近社區拍攝的。其中一張照片，證物編號十五，是從球道附近拍攝的，照片中可以清楚看到達菲家後方，包括屋子、露台、窗戶、後門，照片最右邊有兩位穿著制服的警察站在高爾夫球車旁，車上坐著的正是彼得．達菲。他的表情既茫然又焦躁。這張照片的拍攝時間，顯然是他從俱樂部烤肉區疾駛回家後的幾分鐘。

這些照片，是西奧「造訪」了登載法庭記錄的網站取得的。如果甘崔法官問起，他打算說：「喔，法官，這是在公開法庭裡呈現的證物，不能算是祕密，對吧？」

但是甘崔法官什麼都沒說。這張照片他看了不下百次，已經完全麻木了。然而巴比卻不是這樣，從未見過這張照片的他，立刻飛快地對胡立歐說了些什麼。

「就是他。」胡立歐說，事實上他是用指的。「就是他，那個車上的男人。」

「請注意，庭上。證人剛剛指認了被告達菲先生。」

「了解，西奧。」甘崔說。

第22章

星期一早上，旁聽民眾聚集到法院準備觀賞大結局；陪審團沉著臉來到法院，決定今天一定要完成工作；檢方和辯方律師都穿上最好的西裝，看起來精神飽滿，急著想聽到判決結果；被告本人看起來很有精神又充滿自信；書記官和法警也東奔西走，充滿了早晨的活力。等大家就定位，時間已經過了九點，整個法庭似乎都在屏息等待。甘崔法官大步走入法庭，他的黑袍也隨之舞動，所有人立刻起立。法官板著臉說：「請坐下。」他的聲音沒有一絲喜悅，看起來相當疲倦。

他環顧法庭，對書記官點頭示意，再向陪審團致謝，然後望向旁聽席的群眾。他特別注意到第三排的西奧．布恩，正坐在爸爸和伯父中間，顯然沒有去上學，至少目前還沒去學校。甘崔法官和西奧四目相接，然後俯身靠近麥克風，清了清喉嚨。他接下來說的話，讓所有人跌破眼鏡。

「早安，各位先生女士。彼得．達菲先生的審判進行到此，原本應該要進行最後陳述，不過，現在計畫改變了。因為某些不方便說明的理由，我在這裡宣布：這個審判無效。」

驚呼聲、推擠聲，各種驚訝的言語在法庭裡此起彼落。西奧觀察彼得・達菲的反應，這名被告錯愕地看著他的律師克利弗・南斯。檢方與辯方律師看起來都像是被冷不防地敲了一棍。他們太過震驚，一時竟無法理解法官所說的話。辯方席後的第一排，有人轉過頭來，直直盯著兩排之後的西奧，是歐馬・奇普。他不是用瞪的，眼神也不特別具有威脅性，但他轉頭的時機說明了這個意思：「我知道是你幹的，我跟你沒完沒了。」

陪審團不知道接下來該怎麼辦，於是甘崔法官向他們解釋。他轉身，看著他們說：「陪審團的各位，所謂無效審判，就是表示審判已經結束，彼得・達菲先生的案子被駁回了。但這只是暫時的，檢方將再度提出控訴，近期內會另外開庭，之後我們會有新的陪審團。對於任何刑事案件，在考量到有某件事發生，而且會嚴重影響到最後判決時，法官有權決定宣告審判無效，現在就是這種情況。很感謝各位的付出，你們在司法系統中扮演極為重要的角色，現在我宣布各位可以離席了。」

每一位陪審團員都很困惑，不過有幾個人開始明白他們的公民義務結束了。法警引導陪審團員從側門離開。當他們拖著步伐離去時，西奧以崇拜的眼光看著甘崔法官。那一瞬間，西奧決定以後要當一位偉大的法官，就像他的偶像，坐在前方的甘崔法官一樣。一位法官不只要能將法律知識倒背如流、相信公理正義，最重要的是，他必須有魄力做出困難的決定。

「跟你說吧。」艾克小聲說。艾克一直相信法官會宣布審判無效，不過布恩法律事務所裡的每個人也都這麼相信著。

陪審團離開了，但其他人都沒有動靜，他們一臉錯愕，想知道更多訊息。在此同時，傑克．荷根和克利弗．南斯緩緩起身看著甘崔法官。他們還來不及提問，法官就說：「各位先生，我不會在這個時候解釋我這麼做的理由。明天早上十點，請到我辦公室，屆時我會對各位說明原因。我希望檢方盡快重新提出訴訟，我會將開庭時間安排在六月的第三週。被告仍然可以交保候審，原先的限制不變。休庭。」他敲了一下法槌，起身離去。

法官和陪審團都走了，這下子似乎沒有什麼戲好看，群眾只好不甘願地緩緩起身，往大門前進。

「快上學去！」布恩先生嚴厲地對西奧說。

在法院外頭，西奧打開了腳踏車大鎖。「你今天會過來嗎？」艾克問。

「當然嘍，今天是星期一啊。」西奧說。

「我們得彙報一下，這是個漫長的一週。」

「就是啊。」

離他們不遠的前門出口傳來嘈雜聲，一群人爭先恐後地從那裡出來。彼得．達菲夾在他的律師群和其他人中間，匆匆忙忙準備離去，對一旁記者丟來的問題充耳不聞；殿後的是歐馬．奇普，他還推了其中一位記者一把。正當他要護送他的客戶離去時，他瞥見騎在腳踏車上的西奧，此時西奧和艾克兩個正在觀賞這場鬧劇。奇普愣住了，他猶豫了一、兩秒，到底應該趕緊帶達菲先生安全離開呢？還是要去西奧面前撂兩句狠話？

西奧和奇普相隔十五公尺，互相瞪著對方。最後奇普轉身快速離去。艾克似乎沒有注意到這段插曲。

西奧也趕緊離開，往學校方向騎去，法院離得愈來愈遠之後，他才漸漸放鬆下來。他很難相信今天是星期一，過去七天發生了這麼多事。斯托騰堡史上最大的案件開始又結束了，雖然並不是真正的結束。在西奧的努力下，法庭沒有做出錯誤的判決，正義得以維持，至少暫時是如此。他要暫時放下他的眾多職責，但用不了多久，他就會偷偷和巴比．艾斯科巴和胡立歐碰面，這點是毫無疑問的。在六月之前，西奧將訓練巴比，幫他練習長達三小時的出庭證詞。

現在，歐馬那隻害蟲讓事情變得更加複雜。他和彼得．達菲，還有克利弗．南斯這些人到底知道了多少？一個個疑問在西奧腦海裡閃過，他很困惑，不過也覺得很興奮。

然後他想到了愛波，星期二，也就是明天，法官會決定她到底要跟爸爸還是媽媽住。雖然不需要出庭，但她早已傷痕累累。西奧明天得花點時間陪她，他決定午餐時要跟愛波一起偷溜到別的地方好好聊聊。

他又想到伍迪，他哥哥還在牢裡，而且看來很有可能繼續待下去。

他把車停在旗桿旁，然後走進學校。第一節課已經進行到一半，他拿出媽媽幫他寫的假條，遞給葛洛莉雅小姐。她平時總是面帶微笑，但是現在西奧看不到一絲笑意。

「請坐下，西奧。」她對桌邊的椅子點頭示意。

咦，怎麼回事？西奧納悶著。只不過是小小遲到了一下啊。

「喪禮還好嗎？」她問，依然是不苟言笑。

對話停了半晌，西奧努力去理解這句話的意思。「什麼喪禮？」

「上週五的喪禮，你伯父帶你去參加的喪禮。」

「喔，那場喪禮啊。很好啊，很勁爆。」

她緊張地東張西望，接著用食指在嘴巴前比了比，意思是請他放低音量。附近好幾扇門都是敞開的。

「西奧啊，」她幾乎是用氣音說：「我弟弟昨天晚上酒後駕車被警察攔住，現在被關起來了。」她轉動眼珠，確認身旁沒有別人。

「我很遺憾。」西奧說。現在他知道是怎麼回事了。

「他不是酒鬼，他是個大人了，還有老婆和小孩。他從來沒惹過麻煩，我們真的不知道該怎麼辦。」

「他的 BAC 值是多少？」

「什麼？」

「他的血液酒精濃度。」

「喔，那個。零點九還可以嗎？」

「規定是不能超過零點八，所以他才會有麻煩。是初犯嗎？」

「噢，當然是啊，西奧。他不是酒鬼，他才喝不到兩杯呢。」

兩杯，總是說兩杯。不論多醉、多不醒人事、多麼酒氣沖天，他們總是說只喝了兩杯。

「警察說他可能會被關十天。」她繼續說：「喔，實在太丟臉了。」

「哪個警察？」西奧問。

「我怎麼會知道呢？」

「有些警察就是愛嚇唬人。你弟不會被關十天啦，只是要繳交六百美元的罰鍰，六個月沒有執照可用，還要去上一些交通課程。一年後，記錄就會刪除。他整晚都在牢裡嗎？」

「是啊，我無法想像……」

「那他現在就可以回家了。把這個名字寫下來。」她的手上已經握著筆了。「泰勒・貝斯金。他專門負責酒鬼的案子……」

「他不是酒鬼！」她說，聲音有點大。兩個人同時看看四周有沒有人，還好沒有。

「抱歉，泰勒．貝斯金是負責酒後駕車案件的律師。你弟弟可以打個電話給他。」

葛洛莉雅小姐很快記下來。

「我得去上課了。」西奧說。

「謝謝你，西奧。不要告訴別人喔。」

「沒問題。我可以走了嗎？」

「喔，是，當然。眞的很謝謝你，西奧。」

他小跑步離開辦公室。又一位滿意的客戶。

西奧律師事務所 1

不存在的證人

文 / 約翰・葛里遜　譯 / 蔡忠琦

執行編輯 / 林孜懃　編輯協力 / 余式恕
美術設計 / 唐壽南　行銷企劃 / 陳佳美
出版一部總編輯暨總監 / 王明雪

發行人 / 王榮文
出版發行 / 遠流出版事業股份有限公司　104005台北市中山北路一段11號13樓
電話：(02)2571-0297 傳眞：(02)2571-0197 郵撥：0189456-1
著作權顧問 / 蕭雄淋律師
輸出印刷 / 中原造像股份有限公司
□ 2011年4月1日 初版一刷
□ 2024年1月5日 初版二十四刷

定價 / 新台幣250元 (缺頁或破損的書，請寄回更換)

ISBN 978-957-32-6769-0
遠流博識網 http://www.ylib.com　E-mail:ylib@ylib.com

THEODORE BOONE: KID LAWYER
By John Grisham

國家圖書館出版品預行編目資料

西奧律師事務所：不存在的證人 / 約翰・葛里遜（John Grisham）文；蔡忠琦譯. -- 初版. --臺北市：遠流, 2011.04
面；　公分.（西奧律師事務所；1）

譯自：Theodore Boone: kid lawyer
ISBN 978-957-32-6769-0（平裝）

874.59　　100004429